Hermann von Schmid

Im Morgenrot

Eine Münchner Geschichte aus der Zeit Max Joseph's des Dritten - Erster Band

Hermann von Schmid

Im Morgenrot
Eine Münchner Geschichte aus der Zeit Max Joseph's des Dritten - Erster Band

ISBN/EAN: 9783743659049

Hergestellt in Europa, USA, Kanada, Australien, Japan

Cover: Foto ©Andreas Hilbeck / pixelio.de

Weitere Bücher finden Sie auf **www.hansebooks.com**

Neue belletristische Werke
sehr beliebter deutscher Schriftsteller
aus dem Verlage von **Otto Janke** in **Berlin**, welche
durch jede Buchhandlung zu beziehen sind:

Alexis, Willibald, Der Roland von Berlin. 3 Bde. 2. Aufl. Geh. 1½ Thlr.

Alexis, Willibald, Ruhe ist die erste Bürgerpflicht, oder: **Vor fünfzig Jahren.** Vaterl. Roman. 2. Aufl. 5 Bde. Geh. 2½ Thlr.

Alexis, Willibald, Die Hosen des Herrn von Bredow. Vaterländischer Roman. Dritte Volks-Ausgabe. 2 Bde. Geh. 1 Thlr.

Alexis, Willibald, Der Wärwolf. Vaterländischer Roman. (Fortsetzung von: „Die Hosen des Herrn von Bredow.") Zweite Volks-Ausgabe. 2 Bde. Geh. 1 Thlr.

Alexis, Willibald, Der falsche Woldemar. Zweite Volks-Ausgabe. 3 Bde. Geh. 1½ Thlr.

Bölte, Amély, Juliane von Krüdener. Historischer Roman. Zwei Abtheilungen von je 3 Bänden. Geh. Preis jeder Abtheilung 4 Thlr.
1. Abth: Frau von Krüdener und Kaiser Alexander. 3 Bde. Geh. 4 Thlr.
2. Abth.: Frau von Krüdener als Heilige. 3 Bde. Geh. 4 Thlr.

Bölte, Amély, Vittorio Alfieri und seine vierte Liebe, oder: **Turin und Florenz.** 2 Bände. Geh. 3 Thlr.

Douai, Adolf, Land und Leute in der Union. Eleg. geh. 1 Thlr. 15 Sgr.

Golz, Bogumil, Zur Charakteristik und Naturgeschichte der Frauen. Zweite Aufl. In eleg. farb. Umschlag geh. 1 Thlr.

Golz, Bogumil, Physiognomie und Charakteristik des Volkes. Geh. 1 Thlr.

Golz, Bogumil, Zur Charakteristik und Naturgeschichte des Deutschen Genius. Zweite Ausgabe von „Die Deutschen". 2 Theile in 1 Band. Geh. 1 Thlr. 10 Sgr.

Golz, Bogumil, Typen der Gesellschaft. Ein Complimentirbuch ohne Complimente. Dritte Ausgabe. Zwei Bände. Geh. 2 Thlr.

Golz, Bogumil, Die Bildung und die Gebildeten. 2 Bde. Geh. 2 Thlr.

Harrer, M. Der arme Tom. Roman. 2 Bände. Geh. 2 Thlr. 7½ Sgr.

Maltiz, Hermann von, Lucas Cranach. Historischer Roman. 3 Bände. Geh. 4 Thlr.

Maltiz, Hermann von, Luther und Lucas Cranach. Historischer Roman. Als zweite Abtheilung von „Lucas Cranach". 4 Bände. Geh. 5 Thlr.

Maltiz, Hermann von, Leibnitz und die beiden Kurfürstinnen. Historischer Roman. 3 Bände. Geh. 4 Thlr.

Maron, Dr. H., Japan und China. Reiseskizzen, entworfen während der Preußischen Expedition nach Ost-Asien. 2 Bde. Geh. 2 Thlr. 7½ Sgr

Im Morgenroth.

Eine Münchner Geschichte
aus der Zeit
Max Joseph's des Dritten.

Von

Herman Schmid.

Erster Band.

Berlin, 1864.
Druck und Verlag von Otto Janke.

I.

Kranz oder Schleier.

Im obersten Stockwerk des Jesuiten-Collegiums zu München war es ganz ungewöhnlich laut und lebhaft. Dort befand sich der große Saal, in welchem das Theater der Studenten aufgeschlagen war und Alles trieb und drängte durcheinander, denn in wenigen Augenblicken sollte die Vorstellung beginnen, welche nach abgehaltener Prüfung und Preisevertheilung den rauschenden und glänzenden Schluß des Studienjahrs, wie den frohen Beginn der Herbstferien bezeichnete. Der Vorhang der Bühne war noch herabgelassen, und auf den Brettern stand ein Pater in schwarzem Talar und gab einem Manne, der mit breiter Anstreicherschürze auf einer Leiter stand und emsig an der Coulisse hin und wieder pinselte, allerlei Anweisungen. Es war Pater Xaverius Neumayer, dem die Leitung aller dramatischen

Darstellungen des Collegiums übertragen war und der dafür den Ehren=Namen pater comicus führte. Die Bühne stellte einen im Geschmack der Zeit reich ver= schnörkelten Saal vor, dessen Zierrathen und Arabesken durch einige angemalte Trophäen aus alterthümlichen Waffen mit Stoff und Zeit des zu gebenden Stückes in Einklang gebracht werden sollten.

„Man hat doch sein liebes Kreuz mit Ihm, Meister Kumpfer!" rief der Jesuit. „Er läßt es immer anstehn, bis Ihm im letzten Augenblick das Feuer auf die Nägel brennt! Jetzt fangen sie draußen im Orchester schon zu stimmen an und Er ist mit den Paar Helmen und Schilden noch nicht fertig! Der ganze Saal ist gewiß schon gedrängt voll Menschen . . . Da haben wirs!" fuhr er fort, indem er durch eine im Vorhange ange= brachte kleine Oeffnung in den Zuschauerraum hinaus= sah. „Kein Apfel könnte mehr zu Boden vor Völle und in der kurfürstlichen Seitenloge sehe ich auch schon einen Frauenzimmer=Kopfputz, wenn ich auch nicht unterscheiden kann, wer es ist!"

„Bin schon fertig, Hochwürden," rief der Meister, indem er sich anschickte, von der Leiter herabzusteigen und dem Pater ein wohlgenährtes und trunkgeröthetes

Antlitz zuwandte. „Ist gar nicht zu glauben, was unser Eins zu thun hat! Man weiß gar nicht, mit welcher Arbeit man zuerst anfangen soll . . .“

„Er mußte aber die Arbeit doch schon seit gestern,“ fuhr der Pater fort, während einige Diener Leiter und Farbhafen bei Seite trugen und der Meister gemüthlich den langen Ueberrock über die Schürze anzog. „Warum ist Er nicht, wie bestellt, heute morgens früh, sondern erst Nachmittags gekommen?“

„Ich sag’ Ihnen ja, Hochwürden, es war eine hell= lichte Unmöglichkeit!“ entgegnete der Meister. „Zu Mor= gens nach der Frühmess’, wie ich mich mit der Meisterin gerade zu der Brennsuppen niedersetzen will, da wird mir angesagt, auf halbe neune in die Zunft . . . es thät eine wichtige Berathung abgeben, die Kistler wollen uns ins Handwerk pfuschen und die Bettstellen, die sie machen, selber anstreichen. Das kann man nit leiden bei jetzigen harten Zeiten! Da hab’ ich nicht in die Arbeit gehn können, es wäre ja auch nicht der Müh’ werth gewesen, wenn ich doch wieder fortgemußt hätt’ um halbe neune! Den Gesellen oder einen Lehrbuben hab’ ich nicht schicken wollen . . . also hab’ ich mir ge= dacht, Du gehst halt nach der Zunft in die Arbeit. Die

Verhandlung hat aber zu lang gedauert, derweil war's just Zeit zu der Andacht in der Sebastiani-Bruderschaft. Wie die aus war, hab' ich meinen Spitz Wein beim Bögner im Thal getrunken. Das muß ich thun, vom Doktor aus und wegen der Kundschaft. Dann hab' ich essen müssen und bis wir uns ein bissel besonnen haben, ich und meine Meisterin, haben's bei den Franziskanern zusammengeläutet zu der Vesper und Litanei ... dann aber bin ich gleich hergelaufen, als wenn mir der Kopf brennen thät' und bin ja noch zur rechten Zeit fertig geworden ..."

Im Eifer der Rede beachtete er gar nicht, daß der Pater die Bühne bereits verlassen hatte und in den an= stoßenden Ankleidesaal getreten war, aus welchem lebhaft streitende Stimmen herüberklangen. „Hm," sagte er dann, sich umsehend, „er ist fort und ich will's auch so machen! Es ist fünfe vorbei und meine Meisterin wird schon warten ... Guten Abend, Herr Nachbar Holz= bogen," unterbrach er sich selbst, als er unter der Thüre einem hastigen schwarzgelb aussehenden Manne begeg= nete. „Wollen Sie auch fort aus der Komödie? Haben Sie als kurfürstlicher Hof= und Kammermusikus nicht im Orchester zu thun?"

„Das fehlte mir," rief der Angeredete ärgerlich,
„daß ich mich hergeben müßte, in dem Gedudel mitzu=
wirken! Ich habe im vorigen Jahre für das Collegium
eine eigene Symphonie geschrieben, ein Prachtwerk, Herr
Kumpfer; das darf Er mir aufs Wort glauben, wenn
Er auch nicht mehr davon versteht, als ein Blinder von
seinen Farben! Ich denke natürlich nichts anderes, als
sie werden die Symphonie auch heuer wieder aufführen
— aber gefehlt! Sie legen eine Introduction auf von
dem saubern Hirschberger, den der liebe Gott im Zorn
zum Musikus gemacht hat! Der Pfuscher weiß vom
Contrapunkt nicht mehr, als ich an den Stiefeln weg=
tragen kann! Und dem übergiebt man eine solche Arbeit
und bei einem solchen Pfifferling soll ich mitgeigen?
Das thut der Johann Georg Holzbogen in Ewigkeit
nicht!"

„Dann gehe der Herr Hofmusikus mit mir — ich
hole meine Meisterin ab, auf den Thorbräu=Keller,"
rief der Anstreicher. „Dort ist es so gemüthlich kühl und
in dem Prachtstoff schwemmt man alle Hitz' und allen
Aerger hinab! Es ist merkwürdig," fuhr er fort, da der
Musikus bereitwillig nebenher schritt, „geht's doch in
einem Métier wie in dem andern! Ueberall die ver=

fluchten Pfuscher . . . ich kann auch eine Geschichte da=
von erzählen!"

In vertraulichem Gespräche eilten sie weiter, unbe=
kümmert um die verfehmte Introbuction, deren erste
Töne ihnen nachrauschten.

Der Pater war inzwischen im Ankleidesaal zu einer
Gruppe geeilt, um welche die als Perser und Mace=
bonier verkleibeten Studenten mit ihren Helmen und
Panzern von Blech ober Pappe, die langen Lanzen in
ber Hand, sich neugierig brängten. Die Mitte des
Knäuels bestand aus einer Art von zweiräbrigem Streit=
wagen: vor denselben hatte sich ein schlanker junger
Mann gestellt, ben die frembe kriegerische Tracht vor=
trefflich kleibete und ber mit gebieterisch ausgestreckter
Rechten ben bienenden Bruber zurückwies, welcher mit
aller Gewalt sich an dem Wagen zu schaffen machen
wollte. Der Jüngling hatte in seiner ganzen Erscheinung
einen Anflug von Haltung und Anstand, ber über seine
Jahre ging und unter dem blinkenden Perserhelm auf
bem bunklen Haar blitzten ben wiberspenstigen Frater
ein Paar nicht minder blinkenbe Augen an.

„Was giebt es hier?" rief ber Pater bazwischen=
tretenb, und stanb, ba die kriegerischen Zuschauer wie

auf ein Commandowort auseinander fuhren, unmittelbar vor den Streitenden.

Der Frater verbeugte sich bis über den Gürtel und wollte zu erzählen beginnen. „Der Herr Studiosus Nießer . . .“ sagte er.

„Ehe Er weiter redet,“ unterbrach ihn der Pater, „merk' Er sich vor allen Dingen, daß der Herr da kein Studiosus mehr ist, sondern nur aus alter Anhänglich= keit an das Collegium und zur größeren Ehre Gottes in unserer Comödie mitwirkt. Unser ehemaliger Zög= ling, Herr Franz Nießer, ist bereits wohlbestallter Praktikant und Supernumerarius am Commerz=Collegium. Darnach richt' Er sich und geb' Er dem Herrn den gebührenden Respekt!“

Der Pater sprach im Tone und mit der Miene des vollsten Ernstes, nur um die Augenwinkel zuckte eine leichte Bewegung, welche auf das Gegentheil deutete. Sie entging dem Blicke des erregten Jünglings nicht und das Feuer in seinem Auge leuchtete stärker. „Ich danke, Hochwürden, für die Sorgfalt um meine Titu= latur,“ rief er, „bitte aber sehr, sie jetzt auf den Streit= wagen zu lenken, den ich als Perserkönig Darius bestei= gen soll und den ungeschickten Eifer des überfrommen Fraters zurecht zu weisen!“

„Ueberfromm?" entgegnete der Pater mit mißlun=
genem Lächeln, während sein Auge sich bohrend auf
Nießer heftete. „Ei, ei, Herr Supernumerar! Man hört
Ihm an, daß Er in der bösen Welt·Seine Logik beinah
völlig vergessen hat ... Frömmigkeit ist das Gute und
kann es ein Uebermaß des Guten geben? ... Aber
was ist denn eigentlich das Thema der Controverse?"

Der Frater zeigte ein hübsch gearbeitetes und ver=
goldetes Kreuzbild. „Das habe ich·vorn an dem Streit=
wagen anbringen wollen," sagte er, „es würde sich da
wundervoll ausnehmen, aber der Herr Supernumerar
wills nicht leiden."

„Allerdings," sagte Nießer rasch. „Wir spielen den
sterbenden König Darius, der im vierten Jahrhundert
vor der Geburt unsres Herrn und Heilands gelebt hat.
Ist es nicht widersinnig, an seinem Streitwagen auf der
Bühne ein Zeichen anzubringen, das er nicht kannte und
nicht kennen konnte? — Die Bühne soll ein Spiegel der
Zeiten und Völker sein und das erste Erforderniß eines
Spiegels ist die Treue ... das ist nicht mehr zu be=
streiten, seit Lessing mit der Neuberin ..."

„Mein Staunen wird immer größer, aber auch
immer betrübter!" unterbrach ihn der Pater. „Er scheint

ja mit den neumodiſchen lutheriſchen Autoren und ſoge=
nannten Aufklärern ſehr vertraut? Doch davon werden
wir ein andermal reden, wenn Ihm als ehemaligem
Sodalen noch darum zu thun iſt — für jetzt aber muß
ich dem Herrn Supernumerar ſagen, daß das Kreuz,
das Siegeszeichen des Herrn überall an ſeinem Platz iſt,
alſo auch am Wagen des Perſerkönigs Darius! Mach'
Er das Kreuz nur immer an dem Wagen feſt, Frater
Aegidi . . . und der Herr Supernumerar wird ſich er=
innern, daß es ſich in dieſem Saale nicht um eine
ſittenloſe Comödie handelt, wie ſie das lutheriſche Land=
fahrergeſindel ſpielt, das Er genannt hat! Er ſteht und
agirt auf einem Theatrum, das keinen andern Zweck
hat, als unſre heilige Religion zu verherrlichen! Der
ſiegreich über den Erdkreis ziehende Alexander iſt unſere
Kirche, und der ſchmachvoll unterliegende Darius, den
Er zu agiren hat, iſt die Ketzerei und der Unglaube!
Das ſuche der Herr Supernumerar in ſeiner Action
auszubrücken, und Alles Andre iſt Geſaſel und auch
ſupernumerar!"

Nießer erröthete, daß es durch die Schminke auf
ſeinen Wangen ſichtbar wurde. „Ich habe den Darius
bereits geſpielt, als ich noch Student war," ſagte er

raſch, „man hat gefunden, daß ich ihn gut ſpielte und
hat mich beshalb erſucht, ihn wieder zu übernehmen.
Damals lebte Pater Felizian noch, der Dichter des
Stücks; er hat es eingerichtet und kein Kreuz am
Wagen angebracht. Ich ſpiele wieder wie damals und
anders nicht!"

Der Pater faßte ihn raſch und feſt an der Hand
und zog ihn ans Fenſter; das ganze Geſpräch und die
ſichtbare Neugier der umſtehenden Studenten waren ihm
unangenehm. „Er wird ſpielen, Herr," ſagte er barſch
und leiſe, „und Er wird ſo ſpielen, wie man es von
Ihm verlangt! Will Er im letzten Augenblick die Vor=
ſtellung unmöglich machen und uns vor Hof und Stadt
proſtituiren? Noch ein einziges Wort des Widerſpruchs
— und ich laſſe ihn nicht ſpielen, ich trete hinaus auf
das Theatrum, und ſage dem Auditorium, daß es ſich
umſonſt bemüht hat, ſage ihm Seine Weigerung, aber
auch warum Er ſich weigert . . . wie es dann um Ihn
und Seine Zukunft ſteht, das kann Er ſich ſelber ſagen
und ſich an den ſiebenten September 1758 erinnern!"

Der Jüngling bebte vor Aufregung, aber er fand
weder Worte noch Zeit zur Erwiderung, denn Frater
Aegibi, der inzwiſchen triumphirend ſein Kreuzbild an

dem Streitwagen befestigt hatte, rief herüber: „Die Mufit geht zu Ende, Herr Pater Komikus — der Kapellmeister hat schon das Zeichen gegeben . . . Wir müssen anfangen . . .“

Auf einen Wink der Paters rollte der Vorhang in die Höhe und die rasch geordneten Personen zogen unter den Tönen eines schmetternden Marsches auf die Bühne. Nießer mußte folgen. „Ich Thor!“ murmelte er, indem er die Falten seines Purpurmantels zusammenfaßte und über die Schulter warf. „Diese unselige Liebhaberei, Komödie zu spielen, hat mich wieder einmal verleitet . . . ich hätte es wissen sollen, daß ich nicht mehr hieher ge= höre!“

Pater Neumayer sah ihm kopfschüttelnd nach. „Der ist auch zum Letztenmale in diesem Hause gewesen,“ murmelte er. „Ich werde dem Pater Rektor einen Wink geben, daß man den gefährlichen Menschen nicht aus den Augen läßt . . .“

Draußen im Saale hatte indessen die brängende und summende Zuhörerschaft mit Ungebuld den Beginn des Spiels erwartet: eine stattliche, aber bunt durch ein= ander gewürfelte Versammlung. Zu beiden Seiten der gemalten Pilaster, welche den Bühnenraum abschlossen,

waren erhöhte Tribünen angebracht; die blauseidenen
und silberbefranzten Tücher, womit sie behangen waren,
ließen erkennen, daß sie bestimmt waren, den Hof und
seine Angehörigen aufzunehmen. Dazwischen, hinter
den Sitzen der Musiker und der Bühne gegenüber, zogen
sich einige Reihen von Standespersonen hin; von Mit-
gliedern der vielen geistlichen Orden in München, vom
feinen weltgewandten Theatiner im weißen Habit und
dem schwarzen Talar des gelehrten Benediktiners bis
zur braunen Kutte des schlichten Franziskaners. Dazwischen blitzten reichgestickte Uniformen von Offizieren
der verschiedenen Regimenter, oder bewegten sich die
würdigen Perrücken von Beamten, Difasterianten und
Kanzleiverwandten aller Art. Die Frauen derselben
saßen steif in steifen Reifröcken da und sahen mit den
hohen abenteuerlichen Frisuren beinahe wie phantastische,
in einen Topf gepflanzte Blumengewächse aus. Den
übrigen Theil des Raumes nahmen die Bürger von
München ein; behäbig saßen die zünftigen Meister der
verschiedenen Gewerbe da, mit Haarbeutel und Zopf,
und in den langen großknöpfigen Röcken, aus deren
Farbe untrüglich das Gewerbe seines Trägers zu erkennen war. So trug der Müller unfehlbar Grau, der

Bäcker Blau, der Bierbrauer Braun, Alt= und Jung=
metzger Rothbraun.

Etwas abgesondert an einem der verhüllten Saal=
fenster hatte eine kleine Gruppe von Männern Platz ge=
nommen, welche durch genauere persönliche Bekanntschaft
zusammen zu gehören schienen. Der Eine war eine hohe
männliche Gestalt mit kräftig geschnittenem edlem Ange=
sicht, aus welchem ein Paar Augen von wunderbarer
Bläue leuchteten. Der Andere war etwas älter, von mehr
hagerem und zartem Bau, mit einem Antlitz, dessen
Blässe durch den sinnenden Ernst dunkler Augen noch
mehr hervortrat. Ein untersetzter Mann mit offener wohl=
wollender Miene saß zwischen beiden und schien zuzu=
hören: Tonsur und Anzug ließen den Weltgeistlichen
nicht verkennen, während die gewählte feine Tracht der
Andern, Perrücke und Degen verriethen, daß sie dem
Beamtenstande angehörten.

Der ältliche blasse Mann erzählte eifrig und mit
gedämpfter Stimme, so daß seine Worte nur der näch=
sten Umgebung vernehmbar waren. Die daneben Sitzen=
den, ein Paar Bürgerfamilien, hätten aber auch ohne
diese Vorsicht nichts von der Unterhaltung vernommen,
denn sie waren ausschließend mit sich selbst beschäf=

tigt und in ein nicht minder eifriges Gespräch ver=
tieft. —

„Aber sagen Sie doch, Limbrunn," unterbrach der
Jüngere den Erzähler, und seine blauen Augen glänz=
ten noch stärker auf, „sagen Sie, woher Sie all' diese
Nachrichten haben?"

„Aus der besten Quelle, mein lieber Lori," erwiderte
Limbrunn, „nämlich geraden Weges aus Ingolstadt und
vom Geheimrath Ickstatt selbst. Einer seiner Zuhörer
— wenn ich nicht irre, ist sein Name Weishaupt — hat
mir Briefe von ihm gebracht und mir noch mehr münd=
lich erzählt. Ickstatt hat mir den jungen Mann drin=
gend empfohlen und scheint sich große Hoffnungen von
ihm zu machen — ich muß ihn also für vollkommen
glaubwürdig halten."

„Und darnach hätte es wirklich den Anschein," fragte
Lori, „daß die Jesuiten einen Streich gegen Ickstatt und
die Universität beabsichtigen?"

„Es ist wohl mehr als Schein," erwiderte Limbrunn,
„und um so bedenklicher, als noch mancherlei Umstände
damit übereinstimmen. Sie wissen, daß diese Partei
nichts verzeiht und nichts vergißt. Sie können es nicht
verwinden, daß ihnen durch des freisinnigen Ickstatt

Ernennung zum Direktor der Universität die ausschließende
Gewalt in Ingolstadt aus den Händen gewunden ist.
Sie konspiriren fortwährend in der Stille gegen ihn und
haben auch die Studenten auf ihre Seite gebracht.
Ickstatt hat ihnen das Nachtschwärmen und die steten
Prügeleien mit den Offizieren untersagt — nun hassen
sie ihn, haben ihm die Fenster eingeworfen und neulich
in einer stürmischen Nacht sein Bildniß mit einer höh=
nischen Aufschrift an den Galgen geschlagen. Daraus
läßt sich schließen, wie weit die Sache schon vorbereitet
ist, und demnächst schon soll die Lunte an die Mine ge=
legt werden!"

„Und worin soll die Mine bestehn?"

„Wer weiß das? Man hört die Minirer graben,
aber kennt die Richtung nicht, in der sie arbeiten. Der
junge Weißhaupt meint, man wolle dem Kurfürsten die
Beweise beibringen, daß Ickstatt vor so und so viel
Jahren, als er mit dem Grafen Bourval im Orient
reis'te, zum Islam übergetreten sei!"

Lori lachte laut auf, daß die flüsternden Bürger
sich nach ihm umsahen. „Albernheiten!" rief er. „Da=
mit kommen sie nicht auf bei einem so hellen Kopfe und
einem so edlen Herzen, als Kurfürst Max Joseph besitzt!

Er liebt Ickstatt als seinen Erzieher und Lehrer, er weiß ihn vollkommen zu würdigen und wird ihn daher nicht fallen lassen wegen solcher Hirngespinnste!"

„Der Kurfürst ist gut, klug und dankbar," entgegnete Limbrunn mit Achselzucken, „aber wer steht dafür, daß es nicht noch einmal geht, wie es schon gegangen ist? War Ickstatt nicht früher Minister und mußte der Kurfürst trotz seiner Liebe zu ihm nicht dem vereinigten Ansturm nachgeben und ihn in das nobile exilium nach Ingolstadt schicken?" — Er warf einen flüchtigen Blick durch den Saal und fuhr noch leiser fort: „Sehen Sie einmal ohne Auffallenheit in die kurfürstliche Loge hinüber. Betrachten Sie die alte finstere Kaiserin-Wittwe, beobachten Sie, wie von der einen Seite Pater Stabler, des Kurfürsten Beichtvater, von der andern sein Schoß- kind, General Wachsenstein, in sie hinein reden? — Es wird etwas ausgesponnen, Lori — das ist sonnenklar — die Explosion wird uns bald genug überzeugen, daß ich recht gefürchtet habe!"

„Und können wir nichts dagegen thun?" fragte der bis dahin schweigende Geistliche. „Muß man mit müßigen Händen zusehen und erwarten, was kommt?"

„Leider — wir können nichts thun, als zusehen und

flagen!" rief Lori bitter. „Mag auch Mancher fühlen
und denken wie wir — die Klugheit zwingt ihn, es zu
verbergen und die Faust in der Tasche zu machen! Wir
sind vereinzelt, zersplittert — gegenüber steht eine Ge=
nossenschaft, geschlossen wie eine Phalanx und doch so
fein gegliedert, daß der Pater General in Rom aus
seinem Zimmer mit Einem Zuge alle Fäden in Be=
wegung setzt!"

„Wir sind vereinzelt und bleiben es!" seufzte Lim=
brunn. „Wir müssen es bleiben, denn das Volk steht
nicht hinter uns! Jene würden nicht wagen, was sie
thun und von jeher gethan haben, wüßten sie nicht,
was sie dem bayrischen Volkscharakter gegenüber wagen
dürfen!"

„Sagen Sie das nicht!" rief Lori in edler Auf=
wallung. „Sprechen Sie nicht so über Ihre und meine
Landsleute ab! Ich liebe sie, weil ich sie kenne und
weiß, daß ein trefflicher Kern in ihnen ist — der Keim
zu Allem, was andre Volksstämme geleistet haben! Meine
Bayern haben die Anlage zu Jeglichem, aber sie können
keinen Gebrauch davon machen, weil man absichtlich ver=
hütet, daß sie sich derselben bewußt werden! Können
Sie einen Menschen verurtheilen, den man aus lauter

Furcht, er könne fallen und sich im Fallen beschädigen, nie selbstständig gehen läßt, sondern fortwährend am Gängelbande führt? Sagen Sie ihm, daß er eigene Füße hat, lehren Sie ihn selbige gebrauchen und er wird gehen, wie es einem Menschen geziemt!"

„Ereifern Sie sich nicht, lieber Ungestüm!" sagte Limbrunn und bot ihm lächelnd die Hand. „Ich bin ja mit Ihnen einverstanden vom Grunde des Herzens, das wissen Sie! Könnten wir nur etwas thun für unsere Landsleute — hätten wir ihnen nur etwas anderes zu bieten, als das mitleidige, mitfühlende Wort!"

„Auch das Wort kann nützen," entgegnete Lori, „aber hier ist der Platz nicht dazu! Ich wünschte wohl, wir träfen uns einmal an vertrauter Stätte, unsre Herzen vollends gegeneinander auszuschütten! Sie bleiben sicher auch nicht weg, Kaplan Wagenegger?"

Dieser nickte zustimmend und machte zugleich eine Geberde nach den Bürgersleuten hin, deren Gespräch lauter geworden war und seine Aufmerksamkeit gefesselt hatte. „Hören Sie doch," flüsterte er, „da giebt es erklärende Noten zu unserm Text!"

Die Freunde hörten zu und musterten ohne Auffallenheit ihre Umgebung. „Ich kenne sie Alle," fuhr der Kaplan wie erklärend fort. „Der große schlanke Mann da mit dem pechschwarzen Haar und der bräun= lichen Gesichtsfarbe ist der Kaminkehrermeister Borzaga, ein Italiener, das schöne Mädchen neben ihm ist seine Nichte, wenn ich nicht irre, eine Baderstochter aus Gauting und in München, um sich etwas auszubilden. Der aufgeschossene Bursche hinter ihr, mit den großen gelben Ohrringen ist wohl der Lehrjunge, ein welscher Verwandter des Meisters. Der Dicke mit dem roth= weißen Gesicht und dem braunen Ueberrock ist der Alt= Metzger Halmberger; die noch dickere Frau neben ihm ist seine Ehehälfte, und das Mädchen, zwischen beiden eingeklemmt, ist die Tochter . . ."

„Das geht alleweg eine Ewigkeit her, bis sie an= fangen!" sagte der Metzger. „Da ist's beim Lorenzoni drunten am Anger ein anderes Kraut! Da braucht's kein solches Hinwarten . . . alle Fingerlang fangt die Co= mödi von Neuem an; da zahl' ich meinen Kreuzer für jedes Gespiel und lach', daß mir der Bauch wackelt, — da weiß ich doch, was ich hab' für mein Geld . . ."

„Du solltest nur einmal die französische Comödie in der Redout' sehn!" antwortete die Metzgerin geziert. „Würdest schon anders reden dann! Meine Gevatterin,

2*

die Frau Oberhoffebernfchmückerin, hat uns neulich Bil=
letter gegeben, mir und meiner Urfchi — da fchaut's ein
Biſſel anders aus, als in Deiner ſchmierigen Bretter=
hütten am Anger!"

„Ach Du liebe Mutter von Oetting," ſeufzte Urfchi
mit dummem Lächeln. „Was iſt das ſchön geweſen und
was hab' ich weinen müſſen!"

„So? Warum denn?" fragte lachend der berbe
Metzger. „Wär' mir ſchon recht, wenn ich wegen dem
Weinen in die Comödi gehn follt'! Was haben's denn
nachher für ein Stück geſpielt?"

„Das weiß ich nicht," war Urfchi's Antwort, „aber
ſchön iſt's geweſen, grauſam ſchön — und ſo rührend!"

„Da haben wir's! Ich hab' mir's alleweg einge=
bildet — mein Hund, der Melakel, verſteht mehr Fran=
zöſiſch als meine Weiberleut', aber wenn was nur vor=
nehm ausſieht, nachher gefallt's ihnen, wenn ſie's auch
nicht verſteh'n!"

„Wir ſind ja da auch in der lateiniſchen Comödi,"
ſagte die Metzgerin, etwas gereizt. „Wirſt doch nicht
verlangen, daß wir lateiniſch verſtehn ſollen?"

„Das iſt ein ganz andres Kraut! Das iſt was
Heiliges, das braucht man nicht zu verſtehn! Ich ver=

steh' ja die Meß' auch nicht und das Hochamt und kann doch beten dabei, und das Jesuiter=Gespiel ist so gut wie eine Andacht!"

„Mir ist die Opera das Liebste," sagte der Kamin=kehrer mit stark italienischem Accent. „Von Zeit zu Zeit ist das das größte Vergnügen für mich!"

„Ich glaub's, Sie sind ja selber ein Wälischer, Herr Borzaga," erwiderte der Metzger. „Ich bleib' einmal beim Lorenzoni und bei seinem Hanswursten! Der redt ein ordentliches Deutsch, wie's unser Einer begreift! Was brauchen wir so hoch gestudirtes Zeug — verstehn muß man, was sie sagen, und lachen muß man können, sonst geb' ich keine Prise Schnupftabak für die ganze Geschichte . . ."

Die beginnende Musik unterbrach den Redefluß des Meisters. „Wahrlich, Wagenegger, Sie haben Recht," sagte Lori betrübt, „das ist ein schlimmer Commentar zu unserm Gespräch, denn Dreiviertel von den Bürgern denken wie Meister Halmberger! — Armes Volk, armes verkümmertes Geschlecht . . . aber Du mußt nicht sein, wie man Dich gemacht hat! Man muß und man kann Dir empor helfen . . . wir wollen darüber einmal ein vertrauliches Wort sprechen? Nicht wahr, Freund Lim=

brunn — bie Hand, lieber Kaplan . . . nicht wahr, das
wollen wir?"

Schweigend schüttelten bie Drei sich bie Hände, ber
Vorhang flog empor, unb bas Schauspiel von Darius,
bem unglücklichen Perserkönig, begann. Das Stück war
einfach unb kunstlos, aber eben barum nicht ohne Wir=
kung. Diese steigerte sich burch bie einfache unb ergrei=
fenbe Weise, wie Nießer bie Rolle bes Darius burch=
führte. Seine Stimme war klangvoll unb boch von einer
Weichheit, bie zum Herzen brang, seine schöne Gestalt,
bie Wärme ber Geberben, bie Lebhaftigkeit bes Mienen=
spiels, vollenbeten ben Einbruck auf bie athemlos lau=
schenbe Zuhörerschaft.

„Der junge Mann spielt vortrefflich!" flüsterte Lori
bem neben ihm stehenben Kaplan zu. „Das ist ein ganz
außerorbentliches Talent! Wie Schabe, baß ihm bei
uns aller Weg zur Ausbildung verschlossen ist! Aus
bem könnte ein bayrischer Eckhof werben! Aber bas ist
unser Fluch — wir haben welsche Oper, französisches
Schauspiel unb lateinische Jesuiten=Comöbie, nur unser
armes herrliches Deutsch ist verbammt, sich in eine
schmutzige Bretterbube zu flüchten unb sich mit Zoten
unb Possen zu fristen!"

Das Stück nahm seinen glänzenden Verlauf, und
der bisherige Erfolg überbot sich, als zuletzt der sterbende
Darius hereingetragen wurde, und in erschütternden
Worten von Freunden, Welt und Krone Abschied nahm.
In dem lautlosen Saale wäre das Fallen einer Nadel
nicht ungehört geblieben.

„Eine erhabene Kunst, die Kunst des Schauspiels!"
rief Lori feurig, als der Vorhang gefallen war. „Welch'
ein Triumph, solche Wirkung hervorzubringen! Sehen
Sie nur, Kaplan, das schöne Mädchen neben dem Kamin=
kehrer! Wie unbeweglich saß sie die ganze Zeit und
schien an nichts Theil zu nehmen, und jetzt, wie strömen
die Thränen des Mitgefühls aus diesen milden, schwär=
merischen Augen! Welche Wirkung müßte die Scene
erst hervorbringen, wenn sie die Worte verstanden
hätte!" —

„Diesmal dürften Sie sich doch geirrt haben, Herr
Hofrath von Lori!" sagte der Kaplan mit einem launigen
Zug, der ihm sehr gut ließ. „Die schöne Maria ist eine
Gelehrte; sie hat Latein gelernt und die Baderei oben=
drein, weil sie in's Kloster der Clarissinnen am Anger
eintreten und die Kloster=Chirurgin werden soll! Als
Junggeselle werden Sie daher wohl thun, ihr nicht

zu tief in die „milden, schwärmerischen" Augen zu
schauen . . ."

„Davor bin ich gefeit!" rief Lori, die Hand auf's
Herz legend, aber das Nachspiel begann und brach jedes
weitere Gespräch ab. Es bestand wie immer in irgend
einer Allegorie; diesmal erschienen Glaube, Hoffnung
und Liebe in persönlicher Gestaltung und sangen bald
in Arien und Zweigesängen, bald abwechselnd mit dem
aus Engeln bestehenden Chore Betrachtungen über
die Vergänglichkeit alles Irdischen und über das Glück
einer seligen Sterbestunde in gereimten lateinischen
Versen.

In gehobener feierlicher Stimmung strömte dann
die Menge aus dem Saale und fand erst auf der Treppe
und in den weitläufigen Gängen des Collegiums Athem
und Muße, sich in Lobeserhebungen des Stücks und der
Darstellung zu ergehen, die guten Väter Jesuiten zu
rühmen und einander zu versichern, daß etwas so Schönes
und Andächtiges wohl in der ganzen Welt nirgends zu
finden sei, als in dem gottseligen München.

Am Eingange des Hauses waren Lori, Limbrunn
und Wagenegger noch im Gespräche bei einander stehen
geblieben und ließen die bunte Versammlung an sich

vorüber drängen. Es begann bereits zu dämmern, in die helle klare Herbstabendluft über den hohen Giebelhäusern klang Geläute von den Thürmen und rief die Gläubigen noch zu einer letzten Abendandacht im nahen Bürgersaale der marianischen Congregation, zur Vesper bei dem wunderthätigen Marienbilde in der Herzogspitalkirche oder zu Rosenkranz und Segen bei Sankt Peter und Unserer lieben Frau.

Auch Franz Nießer war unter den Heraustretenden, aber er schien absichtlich unter dem Thore zu verweilen, und blickte in den Vorplatz hinein, als ob er Jemand erwarte und sich doch den Anschein eines gleichgiltigen Zuschauers geben wolle. Auch ohne Helm und Purpurmantel war er eine schöne Erscheinung und es war begreiflich, daß unter Coiffure und Riegelhäubchen hervor mancher freundliche Blick im Vorübergehen an ihm haften blieb.

„Ah, Herr Praktikant Nießer!" rief ihm Lori zu, als er ihn bemerkte. „Es freut mich, Sie zu sehen und Ihnen meine Anerkennung auszusprechen über Ihre ganz vorzügliche theatralische Leistung! Sie haben Alles, was nöthig ist, ein großer Schauspieler zu werden . . . lebten wir in Frankreich, würde ich sagen, die darstellende Kunst

ift Ihr Lebensberuf . . . in Deutſchland, zumal in Bayern
wachſen keine Kränze für den Schauſpieler!"

„Ich danke für Ihr gütiges Lob, Herr Hofrath!"
erwiderte Nießer ehrerbietig, aber etwas zerſtreut, denn
er wollte die Vorübergehenden nicht aus dem Auge ver=
lieren. „Ich geize wahrlich nicht nach dieſen Kränzen,
ſo lockend ſie auch troß all der Dornen grünen, womit
ſie durchflochten ſind; der Herr Hofrath wiſſen, daß
meine proſaiſche Laufbahn bereits abgeſteckt iſt . . ."

„Wieder ein herrliches Talent mehr, das uns ver=
loren geht!" rief Lori. „Ein junger vielverheißender
Blüthenbaum, aber der alte Wald iſt zu dicht über ihm;
der Sonnenſtrahl, deſſen er bedarf, um ſich zu entfalten,
kann ihn nicht erreichen!"

Mit nochmaligem freundlichem Zuwinken an Nießer
ſchritt er mit Limbrunn und dem Kaplan die Neuhauſer=
gaſſe hin, an dem ſchönen Springbrunnen vorüber, der
mit dem Standbilde des Heiligen Nepomuk geſchmückt,
damals auf dem Plaße vor dem Jeſuiten=Collegium ſtand
und deſſen fallende Strahlen anmuthig plätſcherten.

Nießer beachtete Gruß und Abſchied kaum, mit einem
Male flog ein röthlicher Schimmer über ſein Angeſicht;
die Erwarteten nahten ſich dem Ausgangsthore. Es war

der Kaminkehrermeister Borzaga mit dem welschen Lehr=
jungen und der schönen Nichte, die neben dem stattlichen
Manne sittsam und mit niedergeschlagenen Augen, als
wäre sie bereits eine Nonne, daherschritt. Auf dem fei=
nen lieblichen Angesicht, auf der ganzen zarten Erschei=
nung lag ein solcher Zauber kindlicher Unschuld und
rührender Frömmigkeit, daß es wohl erklärlich war, wenn
ihr des gemüthvollen Jünglings ganzes Herz entgegen=
flog. Der Meister bemerkte ihn und reichte ihm über
das Gedränge hinüber die Hand zum Gruße. "Bravo,
bravissimo!" rief er. „Er hat mir große Freude ge=
macht, Vetter . . . Er ist ein sehr guter Spieler, eccel-
lentissimo!"

„Es freut mich, wenn es mir gelang, Sie zufrieden
zu stellen — Sie und die werthe Jungfer!" Während
er das sagte, sah er lange nicht so frei und unbefangen aus,
wie er als König auf der Bühne gestanden war, und
sein Blick verrieth, daß ihm wohl mehr an der Zufrieden=
heit des Mädchens, als an jener des wackern Meisters
gelegen war.

„O, die Maria war zufrieden auch," rief Borzaga.
„O sehr zufrieden — sie hat geweint, daß hat geschla=
gen eine Thräne die andere . . ."

Der junge Mann glühte und blickte forschend in des Mädchens Angesicht: nur ein kurzer scheuer Blick traf ihn aus ihren Augen, aber er war hinreichend, ihn erkennen zu lassen, daß auch ihr Beifall ihm zu Theil geworden.

„Weiß der Vetter!" rief der Meister wieder. „Ich will Ihm einen Vorschlag machen! Morgen ist Mariä Geburt, da geht die große Wallfahrt hinaus in die Aich . . . es wird ein herrlicher Tag morgen — wie wär's, wenn Er auch mit uns hinaus ginge? Haben uns schon lange nicht mehr so recht ausgeplaudert."

Nießer sagte mit Freuden zu und verabschiedete sich von den Beiden, als sie durch den Färbergraben den Weg nach der Hundskugel einschlugen. Das leise „Gute Nacht!" das ihm von Maria's Lippen geworden war, tönte ihm weich und süß im Ohre nach und versetzte ihn in eine träumerisch nachdenkliche Stimmung. Er hatte kein Auge für die Schönheit der Nacht, als er den Schrannenplatz erreichte und gegen den Fischbrunnen hinschritt. Es war inzwischen dunkel geworden und die Mondsichel stand über der glänzenden Rundkuppel des Rathhausthurmes und warf die Schatten der hohen Häuser weit auf den schimmernden Platz hin, während

die Giebel und Zacken derselben bald in scharfen schwar=
zen Umrissen, bald hell beleuchtet in die wolkenlose Nacht
emporragten. Die Thürmer von Sankt Peter bliesen
ein frommes Lied herunter zur Vorfeier des morgigen
Festtages: er beachtete es nicht, wie die heiligen Töne,
als wäre es der klingende Flug eines Schutzengels, über
der schnell stumm gewordenen Stadt dahinschwebten . . .
„Ich gehe hin," murmelte er in sich hinein, „das ist eine
erwünschte Gelegenheit . . . ich muß einmal erfahren,
woran ich bin, wenn es mir nicht das Herz abbrücken
soll!" —

Am andern Tage war tiefblauer sonniger Herbst=
himmel über den dichten Eichenwald ausgespannt, in
dessen schweigender Mitte, auf dem Höhenzuge der ein=
samen Würm, die Wallfahrtskapelle von Maria Aich
liegt. Die Eichenkronen standen noch im reichsten und
frischesten Blätterschmuck und nur hie und da an den
höchsten Spitzen, welche dem Windstrich ausgesetzter waren,
fingen die Blätter an, sich zu röthen. Daß es aber
Herbst war, verriethen trotz der sommerhaften Wärme
die zahlreichen Fäden, womit die Feldspinne die Wiesen
überzieht und Sträuchern und Bäumen einen neuen
wehenden Schmuck liefert.

Der unabsehbare Zug der Wallfahrer war schon in früher Morgenstunde aufgebrochen; als es gegen Mittag ging, war daher ihre fromme Aufgabe schon erfüllt. Amt und Predigt waren vorüber und damit das Zeichen gegeben, auch der Stärkung des Leibes und der erlaubten Gemüthsergötzung zu gedenken. Die hohen Fahnenstangen mit ihren rothen hängenden Bannern lehnten an den hundertjährigen Eichstämmen und bildeten mit Purpurfranzen und Goldquasten einen reizenden Gegensatz zu dem sonnendurchschimmerten grünen Blätterdach. Unter diesem, etwas seitwärts von der Kapelle auf Gras und im Moose waren die Münchner gelagert nnd thaten sich gütlich, denn das Klösterlein in Planegg hatte vorgesorgt und schon in der Nachtkühle eine ergiebige Anzahl von Bierfässern in einem im Schatten versteckten Schupfen untergebracht, wo sie jetzt ihren schäumenden Inhalt bereitwillig ausströmten. Tiefer im Walde war auf zusammengelesenen Steinen Feuer angezündet, an welchem ein mächtiger Kessel brodelte, woraus die zweizinkige Gabel der Köchin unerschöpflich Wurst um Wurst hervorstach. Auch einige Unterhaltung war vorhanden; ein Stelzfuß mit den Ueberresten eines Soldatenrockes auf dem Leibe hatte ein Tischchen aufgestellt und darauf ein

Tuch ausgebreitet, worauf in sehr kunstlosen Umrissen
Jäger, Bauer und Bäuerin und das Wirthshaus gemalt
waren. Dieselben Figuren befanden sich auf einem Wür-
fel und die Loosenden versuchten ihr Glück, das ihnen
Gläser, Kämme und andere Kleinigkeiten bescheerte. Ein
minder harmloser Kreis würfelte gebratene Gänse oder
ein duftendes Spanferkel aus; alle Zufallspiele waren
vom Kurfürsten bei strengster Strafe verboten, — darum
hatte die unbezähmbare Neigung des Volks sich diesen
lustigen Ausweg erfunden. Andere standen neben der
Wohnung des die Kapelle bewachenden Klausners, der
einen kleinen Kram von allerlei geistlichen Waaren aufgeschlagen hatte. Da gab es Lukaszettelchen und Brust-
säcklein zur Abwehr von Hexerei und Bezauberung, Amu-
lete, welche gegen den Blitz schützten und vor Kreuzweh
bewahrten, Bilder der Gottesmutter und der Heiligen,
Alles gar zierlich ·aufgerichtet zwischen Rosenkränzen
und Skapulieren, bunten Wachsstöcken und Gebetbüchern.

Dem Klausner fehlte es auch nicht an heimlicher,
unberechtigter Mitbewerbung, denn unweit des Kirchen-
eingangs hatte sich ein altes Weib auf ein Stühlchen
gepflanzt und bot kleine Wachskerzchen feil, welche dann
die Andächtigen wie zum Sinnbilde ihrer flammenden

Herzen vor dem Marienbilde in der Kapelle auffteckten
und anzünbeten. Die Münchner kannten alle die Frau
Grubhoferin nur zu gut und mußten, daß der Kerzen=
handel nur ein Vorwand war. Die Alte war im Befiß
eines Erbfpiegels, aus welchem fie wahrfagen und ge=
ftohlenes Gut wieder herbeifchaffen konnte, wenn es noch
nicht übers Waffer gekommen war; fie verftand Gewitter,
Ratten und Mäufe zu bannen, und bei wem die Schwind=
fucht noch nicht zu fehr überhand genommen, den mußte
fie davon zu befreien. Sie beburfte nur einige Bluts=
tropfen von ihm, bie in einen angebohrten Baum ge=
goffen wurden und wenn fie dabei ihre Sprüche machte,
war dem Leibenben unfehlbar geholfen.

Eine kleinere Anzahl konnte fich noch immer von
ben Heiligthümern nicht trennen, an benen ihre ganze
Seele hing; fie knieten in ober vor der Kirche, unbeirrt
burch bas Lachen und Stimmengewirr, bas vom Schenk=
plaße herüber fcholl ober fie ftanden vor der an der
Außenwand der Kapelle angebrachten Tafel und erzählten
fich von dem Urfprunge der Wallfahrt, wie bas Marien=
bilb in einer hohlen Eiche verborgen war und ein baneri=
fcher Herzog es auffand, einen Edelhirfch jagend, der fich
bahin flüchtete.

So kam der Nachmittag und mit ihm die Zeit heran, sich wieder zur Rückkehr zu rüsten. Schon begannen die Gruppen sich zu lösen und umzubilden, die Ministranten und Träger sahen nach ihren Fahnen, als Rießer mit dem Kaminkehrermeister von einem Spaziergange durch den weithin schattenden Eichenwald zurück kam. Er hatte den Tag über vergebens auf eine Gelegenheit geharrt, mit Marien allein zu sprechen. Das Mädchen war freundlich, heiter und liebenswürdig, aber sie schien keinen andern Sinn zu haben, als für den frommen Zweck des Ausfluges, keinen andern Gedanken, als stille Sammlung und innerliche Einkehr.

„Carissimo", sagte der Meister jetzt, indem er Rießer's Hand ergriff. „Er weiß, wie viel ich halte auf die Maria! Ihre Mutter ist die Schwester von meiniger Frau, Gott hab' sie selig, — ich habe sie lieb wie mein eigenes Kind: darum liegt mir ihr Schicksal am Herzen und wenn sie Ihn nimmt, Herr Supernumerar, so soll es mich von Herzen freuen, denn Er ist ein ordentlicher Mensch und wird bald haben eine Anstellung und sein ordentliches Auskommen ... aber Er muß halt sein Glück bei ihr selbst versuchen und das wird schwer halten, fürcht' ich! Die Klostergedanken stecken ihr gar zu tief im Kopf ...

aber ein hübscher junger Mensch, wie Er, kann viel aus=
richten! Wenn Er ihr so zureden kann, wie gestern in
der Komödie, so hat Er gewonnen . . . "

Ein Bekannter rief den Meister an; Nießer trat
zur Kapelle, wo nur noch Maria an den Altarstufen
kniete. Alles rüstete sich schon zum Aufbruch, das durfte
ihn wohl entschuldigen, wenn er sie unterbrach: er war
entschlossen, ihr seinen Antrag zu machen und die bangen
Zweifel seines Gemüths auf einmal zu beseitigen. Eben
als er ihr nahen wollte, erhob sie sich vom Gebet und
trat ihm an der Schwelle entgegen. Sie schien verwun=
dert, ihn hier zu treffen und ihr Auge ruhte wie fragend,
aber ruhig auf seinem erregten Angesicht.

„Ich habe Sie aufgesucht, Jungfer!" sagte Franz
mit gedrücktem Tone, „ich habe etwas auf dem Herzen,
das ich Ihr gern sagen möchte, — schon den ganzen Tag
trag' ich's auf der Zunge herum, und kann die Gelegen=
heit nicht finden, es los zu werden und mir den Stein
vom Herzen zu wälzen!"

„Da hat der Herr die Zeit nicht gut ausgesucht,"
erwiderte Maria mit gesenktem Blick. „Es ist so fromm
und heilig in dem kleinen Kirchlein und rund herum in
dem großen Wald, daß ich meine, man sollte gar kein

weltliches nnb unheiliges Wort anhören darin! — Laß'
es der Herr gut sein, bis wir daheim sind . . ."

„Nein, Maria!" rief Franz eifrig, „ich ertrage die
Ungewißheit nicht länger! Es ist auch gewiß nichts Un=
heiliges, was ich zu sagen habe! Unb Sie muß es jetzt
erfahren, wenn Sie es noch nicht weiß, wenn Sie es
mir noch nicht an ben Augen abgelesen hat . . . ich liebe
Sie, Jungfer Maria, unb will Sie in allen Ehren ge=
beten haben, mir Ihr Jawort zu geben, baß Sie meine
Frau werden will . . ."

Maria erröthete, aber sie erhob die Augen nicht.
„Ich will keines Menschen Frau werden," sagte sie leise,
„mein Gespons ist der himmlische Bräutigam!"

„Sage Sie bas nicht Jungfer! Warum will Sie
sich der Welt entziehen, in bic Sie boch einmal geseßt
ist? Wer Sie nicht kennte, möchte glauben, bas wäre
Stolz unb geistlicher Hochmuth von Ihr, baß Sie sich
für zu gut hält unb Keinem vergönnt . . . aber ich kenne
ja Ihr Herz: ich weiß, baß Sie bic Güte unb Beschei=
benheit selbst ist — barum weiß ich auch), was Sie da
sagt, ist nicht Ihr Ernst, sondern nur eine augenblickliche
Ueberspannung!"

„Laß' Er mich so was nicht wieder hören — sonst
3*

müßt' ich Ihn für einen von den bösen und ungläubigen
Menschen halten, die . . ."

„Der bin ich nicht, Jungfer, aber ich darf wohl ein
offenes Wort mit Ihr reden: der Oheim weiß ja, was
ich will und ist damit einverstanden! Also schlage Sie
sich diese Gedanken aus dem Sinn -- sehe Sie mit den
klaren Augen, die Ihr Gott gegeben, recht klar in seine
schöne Welt hinein und frage Sie sich selbst, ob es Ihm
gefallen kann, wenn man freiwillig sich von ihr absperrt
und von all' der Schönheit, die Sein Werk ist? . . .
Ueberlege Sie's erst noch einmal: ich kann Ihr recht
bald eine anständige Versorgung bieten — nehme Sie
meinen Antrag an . . . ich liebe Sie ja so sehr!"

In Maria's Gesicht wechselte die Farbe, aber ihre
Augen suchten noch immer den Boden. „Es hat ein
Jedes seinen Beruf in der Welt," sagte sie, „der meinige
ist einmal das Kloster! Wenn ich es so anschaue und
mir so recht überlege, wie gut der liebe Gott ist mit dem
Menschengeschlecht — wie es hienieden Tag und Nacht
nichts Anderes thun sollte, als dankend auf den Knieen
liegen und beten . . . und wenn ich mir dann wieder
vorstelle, wie viele Leute das Gebet vernachlässigen, über
der Arbeit, oder aus Lauigkeit und Härtigkeit des Her=

zens . . . dann steht es ganz deutlich vor mir, daß ein einfältiges schwaches Geschöpf, wie ich, nichts Besseres thun kann, als beten, damit von der großen Schuld und Versäumniß doch wieder ein Sandkorn wegkommt! — Will Er mir davon abreden?"

„Der Gedanke ist eines so edlen Gemüthes, wie das Ihrige, vollkommen würdig — aber indem Sie an das Ferne denkt, verliert Sie darüber nicht das ganz nah Liegende aus den Augen? Sie will mitwirken an dem Glücke aller Menschen in der weiten Gotteswelt und macht doch Einen darunter zum Unglücklichsten von Allen . . ."

„Das will ich nicht!" rief Maria und ein rascher Blick streifte sein zu ihr hingeneigtes Antlitz. „Er wird auch nicht unglücklich sein . . . Er wird sich trösten und beruhigen!"

„O ja, das wird geschehen," erwiderte Nießer bitter, „was kann die Zeit nicht aus dem Menschen machen! Was liegt auch daran? Eine Täuschung mehr oder minder — es ist ja Alles Täuschung! Wohl habe ich mir manchmal in einem glücklichen Augenblick eingebildet, Sie ahne, daß ich Sie liebe, und es kränke Sie nicht und es rege sich in Ihr wohl gar ein Gefühl der Er-

wiberung ... es war nichts als Selbstliebe, Eitelkeit, nichts als eine Täuschung! — Oder wäre doch etwas baran gewesen?" fuhr er inniger fort, als er sah, daß Maria erröthete und eine Thräne sich durch die gesenkten Wimpern drängte. „Habe ich mich doch nicht getäuscht? Bist Du mir wirklich gut, Maria?"

Sie schlug die Augen fest und entschlossen auf und blickte durch ihre Thränen mit milbem Lächeln in sein Angesicht. „Warum soll ich es leugnen?" hauchte sie. „Ja, Franz, recht von Herzen gut!"

„Und bennoch willst Du mich zurückstoßen und Dich im Kloster begraben?"

„Hätte mein Entschluß denn einen Werth im Auge Gottes, wenn er mich leicht ankäme? Ich opfere ihm mein schwaches Herz — bring' nicht wieder in mich: ich lasse Dir den irbischen Kranz und gebe ihn dahin für den himmlischen Schleier! Lebe wohl — sei recht glück= lich — vergiß mich nicht ganz, wie ich stets Deiner ge= benken werde — im Gebete!"

Sie ging, benn der Meister kam heran und der wieder geordnete Wallfahrtszug setzte sich in Bewegung.

Nießer vermochte nicht zu folgen — seine Stirn glühte, seine Brust flog, er mußte sich an den Stamm

der nächsten Eiche lehnen, denn die Knieen drohten ihm
zu versagen. „Da geht sie hin!" rief er leidenschaftlich.
„Geht dahin mit den Trümmern meines Lebensglücks,
das sie zerbrochen hat und rühmt sich der guten That,
die sie gethan! O Menschenherz, wie undurchdringlich
bist Du . . . wie liegen Gut und Böse, Jammer und
Entzücken so ununterscheidbar in Dir — ach und so un=
trennbar!"

„Schau, schau!" unterbrach ihn die derbe Stimme
des Metzger Halmberger, der sich noch beim Kruge ver=
spätet hatte, „der Herr Supernumerar spielen wohl heut
auch noch Komödie? Machen Sie, daß wir sie einholen,
sonst müssen Sie allein hinterdreinhumpeln!" Damit
eilte er, ohne sich weiter um ihn zu kümmern, den Uebrigen nach.

„Ja, ich spiele Komödie!" rief Nießer schmerzlich
und warf sich unter der Eiche ins Gras. „Warum auch
nicht? Alles ist Komödie — nicht mehr als eine Scene,
die vorübergeht! — O, es müßte Einem wohl ums Herz
werden, zu wissen, daß man immer und immer nur
Komödie spielt!" Er barg das Antlitz im Grase und
achtete nicht Gesang und Gebet des Wallfahrerzuges, der
durch den im Abendroth rauschenden Eichwald dahin
schritt mit den wehenden Bannern des Friedens.

II.

Tendit ad aequum.

Wenige Wochen später war der Herbst bereits voll=
ständig eingezogen im Lande; an die Fenster schlug kal=
ter sturmgepeitschter Regen und man hörte das Klatschen
und Plätschern des Wassers, das aus den Löwen= und
Drachenmäulern der weit vorragenden Dachrinnen mitten
in die dunklen Straßen der bayrischen Hauptstadt nie=
bergoß. Demungeachtet war es noch lebhafter als sonst:
man vernahm den eilenden Tritt vieler Fußgänger,
man hörte Wagen rollen und von fern klangen die
Töne halbverwehter Musik — es war der Abend des
zwölften Oktober, des Namenstages von Kurfürst Max
Joseph, welcher bei Hofe durch Concert und Ball, in der
Stadt durch Gasterei der Bürger auf Rathhaus und
Trinkstube, von der Garnison dadurch gefeiert wurde,
daß statt der Trommler, welche sonst zum Zapfenstreich

durch die Stadt wirbelten, die Musikbanden der Regi=
menter mit schmetternder Janitscharen=Musik einen Um=
zug halten sollten.

Unbekümmert um das Stürmen und Lärmen draußen,
saß Lori in seinem Studirzimmer und hörte, den Blick
zur Decke gerichtet, einem jüngern Manne zu, der neben
ihm saß und aus einem dicken geschriebenen Hefte vor=
las. Es war traulich warm in dem kleinen Gemache und
die einfache, auf dem Schreibtische stehende Oellampe mit
grünem Tafftschirm verbreitete ein angenehmes Halb=
licht, eben hinreichend, um die Einrichtung des Stüb=
chens und die Gestalten von Bewohner und Gast er=
kennen zu lassen. Die zwei Hauptwände waren durch
hohe Bücherschränke eingenommen, in deren Fächern die
Bände aller Art in jener scheinbaren Unordnung durch=
einander lagen und standen, welches ein sicheres Kenn=
zeichen gelehrter Beschäftigung ist. Zwischen den Büchern
und auf den Schränken stand und hing allerlei andere
gelehrte Geräthschaft: Erd= und Himmelskugeln, gerollte
und aufgehangene Landkarten, Wärme= und Luftmesser,
ausgestopfte Thier= und Vogelgestalten. Auf dem Schreib=
tische selbst lagen schimmernde Erzstufen, die Ausbeute
und Probe neuer Bergwerke im Lande, verschoben und

verdeckt durch kleine künstliche Modelle zu allerlei sinn=
reichen Vorrichtungen, die Schachte vor dem Eingehen
zu bewahren und das Grubenwasser aus den Teuffen zu
heben.

Der Vorlesende war in Erscheinung und Art von
dem ruhig sicheren und feinen Herrn des Zimmers sehr
verschieden. Er war groß aber schmächtig, sein Angesicht
abgekümmert und verhärmt, der Anzug verschossen und
ärmlich: er hatte das Aussehen eines am Kanzleitische
stumpf gewordenen Abschreibers — nur wenn er während
des Lesens manchmal die Augen erhob und flüchtig nach
dem Zuhörer hinüber sah, blickte etwas daraus hervor,
wie der letzte Funke einer verlöschenden Gluth. Er las
mit lauter Stimme und mit Ausdruck, aber die Stimme
klang hohl und der Ausdruck war verschroben, über=
dies durch die anklingende breite bayrische Mundart
entstellt.

Er schloß eben:

„Morofer Cato schweig': nun gilt es, Dir zu trotzen,
„Mein Cyathus soll heut vom puren Thier strotzen!

„Laßt kein profanes Volk, selbst Chloe nicht berein —
„Heut bedizir' ich mich Lyäus ganz allein!"

Lori schwieg noch einen Augenblick, als der Vorleser

geendet hatte und sah zur Decke empor: „Ich danke
für das Zutrauen, Herr Ettenhuber," sagte er dann, „das
Sie mir durch Mittheilung Ihrer dichterischen Arbeiten
erwiesen — aber erklären Sie mir zuvörderst, wie ich zu
dieser Auszeichnung komme?"

„Der Herr Hof- und Bergrath," erwiderte Ettenhuber, „sind allgemein verehrt und bekannt als ein in
humanioribus sehr erfahrener und aufgeklärter Mann:
als ein Mäzenas der edlen Poesei . . . Darum wollte
ich Sie geziemendst ersuchen um Dero hohe Verwendung
und Protection!"

„Ich bin mit Vergnügen bereit, Ihnen zu dienen,
sobald Sie mir erst gezeigt haben werden, womit ich es
kann. Und was ist — wenn Sie mir die Frage gestatten wollen, — was ist Ihr eigentliches Geschäft?"

„Geschäft?" fragte Ettenhuber stutzig und eine Flamme
schlug über das abgemagerte Gesicht.

„Allerdings — ich meine, welchen Beruf, welche
Anstellung, welche Beschäftigung Sie haben?"

„Ich dichte," erwiderte Ettenhuber mit Selbstge-
fühl . . . „und bin Hof-Poet Seiner Durchlaucht!"

„Entschuldigen Sie, daß ich das nicht gewußt!"

sagte Lori verbindlich. „Aber eben bann muß ich um so mehr fragen, was ich für Sie können soll?"

„Die Hofpoeterei," entgegnete Ettenhuber etwas kleinlauter, „ist leiber nur ein Titel ohne Mittel, von dem ich nicht leben kann! Ich habe mich in studiis alle Zeit sehr hervorgethan unb besonders in der Poesie das Ausgezeichnetste geleistet. Meine lateinischen Hexameter unb Disticha waren allzeit tabellos unb meine carmina machten, baß man in mir ein bebeutenbes ingenium poëticum erkannte. Aber bie Zeiten haben sich geänbert, ber Geschmack an lateinischen Gebichten hat abgenommen; ich mußte mich baher barauf verlegen, auch in beutscher Sprache zu bichten. Das habe ich benn auch gethan unb hier meine beutsche Poemata zusammengeschrieben, um sie heraus zu geben, unb mir baburch meine Leibesnahrung zu verschaffen unb meinen Namen auch extra Bavariam bekannt zu machen. Ich habe das opusculum bereits bem Herrn Buchhänbler Strobl bahier offerirt, allein berselbe will nichts wissen von neumobischer Schöngeisterei. Sie, Herr Hofrath, haben ausgebreitete Verbinbungen, Sie sinb unlängst von einer großen Reise zurückgekehrt unb sollen sogar bis nach Berlin gekommen sein . . . wollte baher submissest gebeten haben, sothane Poemata in Ihre Protection nehmen und mir einen Verleger rekommandiren zu wollen . . ."

„Ich sehe das Peinliche Ihrer Lage vollkommen ein," sagte Lori nach einigem Besinnen — „aber so gern ich Ihnen helfen möchte, in dieser Richtung bin ich geradezu außer Stande, etwas für Sie zu thun!"

„— Und warum?" fragte der Poet mit gedrückter Stimme entgegen.

„Warum?" rief Lori rascher, indem er vom Stuhle aufsprang . . . „Weil ich), selbst wenn ich es könnte, nicht dazu beitragen möchte, diese Dichtungen außer Bayern bekannt zu machen."

„Herr Hofrath, Sie stoßen mir ein Messer ins Herz!" stammelte Ettenhuber, und das Buch sank ihm aus den Händen auf den Tisch.

„Ich thue es ungern," fuhr Lori fort, „aber ich kann es Ihnen nicht ersparen — ich liebe Plato, ich liebe Aristoteles: aber am Meisten liebe ich die Wahr=heit! — Ist unser liebes Bayern nicht schon verrufen genug ob seiner Finsterniß? Ich will nicht helfen, seinen Spöttern einen neuen Beweis in die Hand zu geben, wie sehr wir auch in diesen Stücken hinter dem übrigen Deutschland zurückgeblieben sind, das einen

Gleim und Hagedorn, einen Gellert und jetzt einen
Klopstock sein nennt! — Das sollen deutsche Gedichte
sein, welche in jeder Zeile von Fremdworten wimmeln..?
Ich kann Ihr Talent nicht beurtheilen, Herr Hofpoet,
aber das weiß ich, daß Sie es in einer Form ausüben,
wie es vor hundert Jahren Hoffmannswaldau gethan hat!
Kennen Sie denn die Muster und Meister der neuen
deutschen Dichtkunst nicht?"

Ettenhuber saß noch immer bestürzt ... „Ich habe
die Blumenlese von Pater Weitenauer gelesen ..." sagte
er dann.

„Was Blumenlese! An die Originale selbst müssen
Sie sich halten! ... Sie haben mir zuletzt ein Trink=
lied gelesen ... hier habe ich eben meinen Hagedorn
zur Hand ... hören Sie, wie dieser denselben Gegen=
stand behandelt ..." Er hatte ein Buch ergriffen
und las:

> „Aus den Reben
> „Fließt das Leben,
> „Das ist offenbar!
> „Ihr, der Trauben Kenner,
> „Weingelehrte Männer,
> „Macht das Sprichwort wahr!"

„Niemals glühten

„Wechabiten,

„Edler Most, von Dir:

„Aber Deine Kinder,

„Noah, Weinerfinder,

„Zechten so wie wir!"

„Für die Gedichte also," fuhr er nach kleiner Pause
fort, „kann ich nichts thun, aber dem Dichter will ich
helfen! Sie haben Ihre Studien gemacht, und schreiben
eine hübsche Hand — ich werde bedacht sein, Sie in der
Kanzlei meines Collegiums unterzubringen. Dann sind
Sie vor Mangel geschützt und behalten Muße genug, zu
studiren, sich auszubilden und dann mit reiferen Pro=
duktionen aufzutreten . . ."

Ettenhuber hatte sich rasch erhoben, sein Antlitz war
wieder geröthet und seine Stirne finster gefaltet. „Herr
Hofrath . . .," sagte er schwankend; dieser aber beachtete
es nicht, sondern nahm die Handschrift vom Tisch und
blätterte darin. „Sie werden sich dann auch klarer
. werden über das, was zur dichterischen Behandlung ge=
eignet ist! Was für Gegenstände haben Sie hier ge=
wählt! Gratulationen zu Hochzeiten und Kindtaufen der
halben Münchner Bürgerschaft! „Die im Untergang

aufgehende Tugendſonne," oder „Stoßſeufzer am Grabe
der grauſamlich ermordeten Jungfer Salome Huberin!" —
Herr, Aufgabe und Wunſch des Dichters muß es ſein
die Welt zu bewegen, was man aber bewegen will, das
muß man erſt anzugreifen, zu faſſen wiſſen — gedenken,
Sie im Ernſte, mit ſolchen Galgengeſchichten die Welt
zu faſſen und zu bewegen?"

Der Hofpoet erwiderte nichts, ſondern nahm mit
höflicher Verbeugung ſein Buch aus Lori's Hand. Von
draußen ſchellte es heftig an der Glocke der Wohnung.
Ehe der Hofrath ſich zu beſinnen vermochte, was geſchah,
ſtand Ettenhuber ſchon unter der Stubenthüre und rief,
ſich nochmals verbeugend, mit aller Würde des belei-
digten Selbſtgefühls: „Zürnen Sie nicht, Herr Hof= und
Bergrath, wenn ich auf Ihre wohlmeinende Fürſorge
verzichten muß . . . ich bin wohl zu alt, um noch zu
lernen, und bin — kurfürſtlicher Hofpoet!"

Er war verſchwunden. „Bleiben Sie!" rief ihm
Lori nach. „Laſſen Sie ſich nicht von der unſeligen
Autoren=Eitelkeit verblenden!" Er wollte ihm folgen,
aber im ſelben Augenblicke ſtürmte Nießer in's Gemach;
durchnäßt, beſchmutzt, mit zerrüttetem Haar und allen
Zeichen der Verwirrung. „Seh' ich recht, Herr Super=

numerar?" rief Lori. „Was führt Sie zu so später und
ungewöhnlicher Stunde noch zu mir?"

„Das Vertrauen zu dem Manne," rief Nießer, „den
Alle Welt wegen seiner offenen Rechtlichkeit rühmt —
und mein Unglück!"

Lori führte den Aufgeregten zu seinem Lehnstuhle
und zwang ihn, sich niederzulassen. „Ihr Unglück?" rief
er. „Sie erschrecken mich! Was bedeutet diese Ver-
störung in Ihren Mienen und in Ihrer Erscheinung?"

„Ich habe Grund, verstört zu sein ... ich stehe vor
den Trümmern aller meiner Hoffnungen — das ganze
Gebäude meines Lebensplanes ist eingestürzt!"

„Reden Sie! Wie soll ich das verstehn?"

„Lassen Sie mich zur Fassung, zur Besinnung
kommen," rief Nießer und barg das brennende Angesicht in den Händen. „Ich habe Ihnen schon erzählt,"
fuhr er dann fort, „welche Begegnung ich bei der letzten
Jesuiten=Comödie mit Pater Neumayer hatte ... ich
habe Ihnen schon damals meine Befürchtungen mitge=
theilt; sie schienen grundlos zu sein, denn schon eine ge=
raume Zeit ist vergangen, ohne daß sich etwas Besonderes zutrug — ich fing bereits an, mich der Hoff=
nung hinzugeben, daß man die Sache vergessen habe oder

vergessen wolle! . . . Ach, hätte ich damals Klugheit ge=
nug besessen, an mich zu halten! Hätte ich den Bitten
nicht nachgegeben, die mich wieder auf jene Bretter
führten! . . . Heute nun — ich hatte wie gewöhnlich an
meinem Pulte im Commerz=Collegium gearbeitet . . . wie
ich gehen wollte, rief mich der Direktor in sein Zimmer
und eröffnete mir, daß das Collegium einer Aushülfe
im Dienst nicht mehr bedürfe, daß ich daher als über=
zähliger Arbeiter von Heute an entlassen sei . . ."

„Ist es denn möglich?" rief Lori entrüstet. „Aber
warum nicht! Dieser Direktor ist von jedem Lüftchen
abhängig, das von jener Seite weht!"

„Ich bin noch nicht zu Ende . . .," begann Nießer
wieder. „Einen Augenblick stand ich wie vom Donner
getroffen und Gedanken an die mir widerfahrene Schande,
an meine vernichtete Zukunft; Gedanken der Scham
und der Rache fuhren blitzgleich durch meine Seele!
Außer mir . . . halb bewußtlos, stürzte ich nach Hause
und schloß mich in mein Stübchen ein, das Unglück
meinem guten Vater noch zu verbergen und in der Ein=
samkeit mit mir selber zur Klarheit, zum Entschlusse zu
kommen . . . Es war vergebens, ich kam nicht dazu —
nach einiger Zeit wurde ich durch Pochen an der Thüre

aus meinem trostlosen Brüten aufgeschreckt . . . Ich öffnete . . . ein alter Freund und Schulkamerad, der als Cadet im Regiment Morawitzki dient, kam heimlich und eilig zu mir, um mir eine neue Hiobspost zu bringen. „Ich komme, Dich zu warnen," sagte er. „Du kennst das neuerbings ausgegangene Mandat, welches befiehlt, daß Landstreicher, Vagabunden und andere unverbesserliche und gefährliche Subjekte aufgehoben und in's Militair gesteckt werden sollen . . . ich habe die Liste derer, die dazu bestimmt sind, durch Zufall zu lesen bekommen . . . Denk' an Deine Sicherheit, Freund — Dein Name steht auf der Liste obenan . . ."

„Abscheulich! Himmelschreiend!" rief Lori wieder und schritt im Zimmer hin und her. „Aber fassen Sie sich, beruhigen Sie sich nur . . . Ich werde Alles für Sie aufbieten; noch ist Abhülfe möglich!"

„Für mich nicht!" klagte Nießer. „Für mich ist es zu spät! Entlassen wie ein ungetreuer Tagelöhner! Mein Name obenan auf der Liste von Vagabonden und Landstreichern! Ich bin vernichtet, beschimpft für im=
mer . . . ich kann nicht mehr in meine Stellung zurück, selbst wenn Sie es möglich machen wollten — meine Ehre gestattet es nicht! Ich kann in München nicht

4*

mehr bleiben, selbst wenn Sie mich vor dem Soldaten=
rock retten ... Ich muß fort, und ich will auch fort —
nun ist auch das letzte Band zerrissen, das mich an
meine Vaterstadt hielt!"

„Aber was haben Sie vor?" fragte Lori, indem er
ihm die Hand auf die Schulter legte! „Sein Sie ein
Mann und klagen Sie nicht, sondern handeln Sie!"

„O ich klage nicht um mich!" rief Nießer wieder
und wehrte den Thränen nicht, die ihm aus den Augen
stürzten. „Ich klage nur um meinen guten Vater! Er
hat Alles an mich und meine Ausbildung gewendet ...
ich bin seine einzige Stütze ... der Jammer, die
Schande werden dem alten Manne das Herz brechen!"

„Beruhigen Sie sich, der alte Mann soll getröstet
und versorgt sein ... aber fassen Sie für sich selbst
einen Entschluß!"

„Er ist gefaßt! Ich will fort — noch diese Nacht!
Das Regiment Morawitzki hat heute die Wache am
Unsern=Herrn=Thor; mein Freund ist dort und wird mich
nicht hindern, zu entfliehen! Ich sehe einen Wink der
Vorsehung in diesen Eingriffen: Sie selbst haben das
Urtheil ausgesprochen über meinen wahren Beruf ...
ich will Schauspieler werden!"

„Junger Freund, ..." rief Lori überrascht und bei= nahe erschreckt.

„Sagen Sie nichts, mich abzumahnen, ich habe Alles überdacht und erwogen ... Ich weiß, daß ich keinen Pfad der Freude gehen werde ... ach, mit der Freude habe ich längst abgeschlossen für mein ganzes Leben! Ich weiß, daß Noth, Schmach und Enttäuschung meiner warten — kann der ein anderes Loos fordern, dessen Name unter Vagabonden und Landstreichern ge= prangt hat? Ich weiß, was mir bevorsteht, aber ich will es ertragen; ich bin entschlossen, vor dem Schwersten nicht zurückzuschrecken, wenn Sie mir Eines sagen, Herr Hofrath, wegen dessen ich eigentlich zu Ihnen kam — wenn Sie mir Eine Frage beantworten!" — Er trat näher vor Lori, der ihn erwartend ansah. „War das Lob," fuhr er dann fort, „das Sie unlängst über meine schauspielerische Leistung aussprachen ... war es nicht bloße Artigkeit, ein conventionelles Compliment ... war es wirkliche Anerkennung? War es der Ausdruck Ihrer Ueberzeugung?"

„Ich spreche nie anders, als nach meiner Ueber= zeugung," erwiderte Lori ernst; „ich habe es auch da= mals gethan. Ja, Sie haben ein großes Talent für

das Schauspiel ... ich glaube, die Bühne ist ihr eigent=
licher Beruf ..."

Nießer athmete hoch auf. „Ich will aber nicht bei
dem Gemeinen und Alltäglichen stehen bleiben ... ich
will kein Possenreißer, kein Komödiant sein — ich möchte
ein Künstler werden im Gebiete der Menschendarstellung
... Werde ich das können? Wird meine Kraft dazu
ausreichen? Wird es mir gelingen, daß, wie Klopstock
sagt: ... „„Mein Name nicht unerhöht mit der großen
Fluth fließt?""

„Die Fähigkeit dazu haben Sie," war Lori's Ant=
wort, „auf das Uebrige lassen Sie Ihren Klopstock
antworten:

> Noch viel Verdienst ist übrig — auf, hab' es nur!
> Die Welt wird's kennen!"

„Ich will es — leben Sie wohl!" Damit hatte er
Lori's Hand ergriffen und an die Brust gedrückt und
wollte fort, dieser aber hielt ihn zurück. „Bleiben Sie!"
rief er, „eilen Sie doch nicht, erst muß bedacht sein,
welchen Weg Sie nehmen. Gehen Sie zuerst nach Augs=
burg, aber verweilen Sie nicht, bis Sie die Gränzen
von Sachsen hinter sich haben — erst dann sind Sie
ganz sicher, denn die Hände Ihrer Gegner bilden eine

Kette und reichen weit! Von dort aus schreiben Sie
mir — ich sende Ihnen dann ein Empfehlungsschreiben
an den Theaterdirektor Kurz, den ich auf meiner Reise
kennen gelernt habe . . . und für den Anfang — neh=
men Sie dies!"

Er drückte ihm eine ansehnliche Geldrolle in die
Hand; Nießer war betroffen und zögerte, sie anzunehmen.
„Mein Retter! — mein Wohlthäter!" rief er, „darf ich
denn?"

„Warum nicht?" lächelte Lori. „Es ist kein Ge=
schenk — es ist nur Vorschuß auf Ihre Gage als künf=
tiger bayerischer Hofschauspieler. Auch diese Zeiten wer=
den kommen!"

„Wie kann ich Ihnen danken?" rief Nießer gerührt.

„Gehen Sie jetzt," sagte Lori und drängte ihn der
Thüre zu, gefährden Sie sich nicht mehr durch längeres
Zögern und Ihren Dank lassen Sie darin bestehn, daß
Sie mir, sich selbst und dem Vaterlande Wort halten!
Denken Sie an Klopstock's Zuruf: „„Die Unsterblichkeit
ist ein großer Gedanke! — Ist des Schweißes der Edlen
werth!"" — Halten Sie Wort, Nießer: zum Ruhme
unseres verrufenen Bayerlandes werden Sie ein Künstler,
ein ächter deutscher Künstler!"

Unter Thränen riß sich Nießer aus den Armen des
väterlichen Freundes und eilte hinweg. Lori machte
einige Schritte durchs Zimmer, dann zog er die Klingel
und sein alter Diener trat ein. „Laufe fort, Peter,"
sagte er, „bestelle mir eine Sänfte bei den Sesselträgern
drüben am Rathsthurm . . . in diesem Unwetter kann
ich nicht zu Fuße zu Limbrunn! — Eile Dich, Alter, sie
werden wohl gar schon auf mich warten! . . ."

„Die Sänfte werden wir gleich haben," sagte der
Alte, „aber es ist noch Jemand da, der zum Herrn Hof=
rath will: eine alte blinde Bauernfrau . . . sie wartet
schon seit einer halben Stunde und hat sich durchaus
nicht abweisen lassen!"

„Was kann sie nur wollen!" entgegnete Lori. „Ich
fange an, wirklich müde zu werden . . . aber laß sie in
Gottes Namen herein und bestelle indessen die Sänfte!"

„Das werden wir gleich haben," brummte Peter,
und ließ die Wartende eintreten. Es war eine hohe,
vom Alter etwas gebeugte Frauengestalt in der Tracht
des Lechrains, eine schwarze hohe Pelzmütze auf dem
silberweißem Haare, und über den dunkel gewordenen
Augen, welche aus dem kräftigen, troß aller Falten
milden Angesicht wie suchend vorstarrten, während die

Eine Hand am Thürgerüst tastete, die andere aber mit dem gekrümmten Haselstock den Weg suchte. Lori war an den Tisch getreten und wandte der Thüre den Rücken zu, als die Alte eintrat und mit gedämpftem Tone ihr „Gelobt sei Jesus Christus," zum Gruße sprach. —

Bei dem Klange dieser Stimme wandte der Hofrath sich um, stieß einen Ruf des Erstaunens aus und stürzte mit ausgebreiteten Armen auf die Bäurin zu. „Gott im Himmel!" rief er, „Mutter, Ihr seid's!" und hielt die Alte umschlungen, die vor seiner stürmischen Freude kein Wort der Erwiderung fand. „Ich traue meinen eigenen Sinnen kaum!" fuhr er fort, während er ihr den Stock abnahm und sie sorglich an beiden Händen zum Lehnstuhl führte. „Seid Ihr's denn wirklich? Wie oft habe ich Euch gebeten, mich zu besuchen . . . und nun macht Ihr mir so unverhofft diese Freude!"

Peter wurde beauftragt, zu Bergrath Limbrunn zu gehn und Lori's längeres Ausbleiben zu entschuldigen.

„Ja, ich bin's schon, Herr Sohn," sagte die Bäurin, „aber bist es denn Du auch? Deine Stimm' klingt mir wohl bekannt, und doch wieder wie fremd . . . ich muß Dich anfassen, damit ich's glauben kann . . ."

Der Sohn ließ sich vor der Mutter auf ein Knie nieder, und drückte ihre eine Hand an die Lippen, während sie mit der andern die Züge seines Gesichts und seine Stirne betastete. „Ja, ja mein' Eid," sagte sie mit glücklichem Lächeln, „Du bist es wohl! Das ist das Gesicht von meinem Buben, meinem lieben Girgl (Georg.) — Verzeih' mir der Herr Sohn halt, daß ich den Namen daher bringe!"

„Es ist der Name, womit Eure Mutterliebe mich zuerst genannt hat," entgegnete Lori herzlich, „Euer Herz und Euer Mund sollen mich nie mit einem anderen nennen . . . Aber erklärt mir diese Ueberraschung! Wie habt Ihr es nur unternehmen mögen, bei diesem Unwetter die weite Reise vom Grünbel bis hieher zu machen? Warum habt Ihr mich's nicht wissen lassen? Wie gerne wäre ich Euch entgegengereis't und hätte Euch abgeholt!"

„Ei, ei," sagte die Alte, „das bißchen Wind und Regen, das thut unser Einem nichts — mußt mich nicht für so hinfällig halten, als ich wegen meinem Blindsein vielleicht ausschaue. Der Vetter Mang, . . . wirst ihn ja noch kennen, den Kramer von Steingaden? .. der ist h gereis't mit seinem Zeiselwagen und hat mich mitgenomr

„Und wie steht es daheim? Was macht der Bruder?"
fragte Lori.

„Es geht ganz leidentlich, Gott sei Dank," erwiderte
sie. „Der Andrä, Dein Bruder, thut sich wohl hart,
die Kriegsjahr' sind noch lang' nicht ganz verwunden
und das Wirthshaus im Gründel, das weißt Du ja
selber, ist niemals eine Geldschmieden gewesen. Die
Abgaben sind auch schwer, aber weil Du ihm so treulich
hilfst, wie ein redlicher Bruder, haust er sich doch vorwärts. Die Kinder sind auch gesund und ordentlich;
der Aelteste, Dein Taufgob'l, wird schon groß — der
Bub' gemahnt mich so viel an Dich; er hat ganz die-
selbige Stimm' wie Du!"

„Meine gute Mutter!" schmeichelte Lori. „Wie
dank' ich für Eure Liebe — und doch ist mir, als habe
nicht diese allein Euch so unvermuthet hergeführt, sondern irgend etwas Anderes . . ."

„Das ist auch so," erwiderte die Mutter gedrückt,
„ich hab' ein großes Anliegen auf dem Herzen, eine recht
schwere Sorg', und ich will Dir's nur eingestehen, Herr
Sohn, das ist's, was mich hereingetrieben hat vom
Gründel . . . Jetzt, weil ich bei Dir bin, und Dich hör',
ist mir's viel leichter um's Herz . . . nit wahr, Du

bist noch mein alter Girgl, mein lieber treuherziger
Bub'?"

„Gewiß, Mutter — und will es bleiben mein
Leben lang!"

„Schau', ich bin alt . . . mein Augenlicht ist mir
schon ausgegangen: das ist ein Zeichen, daß ich bald
fort muß zu dem ewigen Licht. Da werd' ich Deinen
braven Vater, der uns voran' ist in die Ewigkeit, wieder
finden, und da möcht' ich ihm gern nur das Beste er=
zählen können, von seinen Kindern und vor Allem von
Dir, auf den er alleweil so viel gehalten hat . . ."
„Alte," hat er oft gesagt, „denk' an meine Wort' —
der Girgl wird uns noch einmal Ehr' machen . . ."
Schau' der Herr Sohn, da möcht' ich halt gern mit
leichtem Herzen hinübergehn und daß ich nit die Augen
niederschlagen muß, wenn er nach Dir fragt . . ."

„Wie, Mutter — zweifelt Ihr an mir?"

„. . . Dein Vater hat schon Recht behalten: an der
Ehr' hast Du's nit fehlen lassen — Du bist gar ein
großer Herr 'worden . . . aber was ist alle Herrlichkeit
von dieser Welt . . . wenn ich nit weiß, wie's um
Deinen Antheil am Himmel aussieht . . ."

„— Ich versteh' Euch nicht, Mutter!"

„Ich bin neulich bei den Prämonſtratenſer Herrn geweſen, drüben im Steingabener Kloſter . . . da hat mich der Herr Prälat geſehn und hat mich angerufen und ſich nach Dir erkundigt . . . Er hat mir geſagt, Du ſeiſt auf einen böſen Irrweg gerathen, Herr Sohn — Du habeſt vergeſſen auf Deine heilige Religion und ſeiſt ein Feind derſelben und ein Freigeiſt geworden? . . . Wenn ich nicht blind wär', Herr Sohn, thät' ich Dir jetzt in die Augen ſchauen, und dann wüßt' ich auch, woran ich wär' . . . ſo aber muß ich Dich fragen und muß Deiner Stimm' und Deinen Worten glauben . . . Bub' . . . Girgl . . . was ſoll ich davon glauben? Was ſoll ich vor Gott und Deinem Vater antworten in der Ewigkeit, wenn ich Rechenſchaft geben ſoll über Dich?"

„O meine theure Mutter," ſagte Lori bewegt und ſank wieder vor der Greiſin auf das Knie. „Was ſoll ich Dir ſagen! — Glaubſt Du, daß ich meinen guten braven Vater verehrt und geliebt habe?"

„Gewiß!"

„Nun denn, bei ſeinem heiligen Andenken! Weſſen man mich beſchuldigt, es iſt unwahr! Stünden wir in dieſem Augenblick an ſeinem Grabe — ich würde meine Hand auf den theuren Hügel legen und ſagen . . .

Schlafe sanft — ein Kummer um Deinen Sohn soll
Deine Ruhe nicht stören!"

„Und wenn Du jetzt in diesem Augenblick thätest
abgerufen werden in die Ewigkeit und Dein Vater selig
stünd' vor Dir . . . könntest Du die Augen offen vor
ihm aufschlagen und sagen . . . es ist nicht wahr?"

„Ja!"

„Dann ist es gut," schluchzte die Blinde, „dann bin
ich getröst' und kann ruhig sterben — Du kannst kein
unwahres Wort sagen . . . aber Du solltest auch machen,
daß die Leut' nit so reden können von Dir!"

„Mutter," sagte Lori aufbrausend, „schweige mir
davon! Hast Du die Menschen nicht zur Genüge kennen
gelernt, um zu wissen, wie oft ihnen Lüge und Ver=
leumbung dienen muß, ihre eigensüchtigen Zwecke zu
erreichen? Wie oft man die Wahrheit gerade da ver=
gebens sucht, wo man berechtigt ist, sie zu finden? In
meiner Stellung muß ich gar Manchem zuwider sein . . .
antasten können sie mich nicht, — darum verleum=
den sie!"

„Nun, nun, sei nur nicht gleich obenaus!" sagte die
Alte. „Ich sehe schon, daß Du in allen Stücken der
Alte bist und kann getrost wieder meine Wege gehn . . ."

„Wohin, Mutter? Ihr werdet mich doch nicht ver=
lassen wollen?"

„Ich gehe, freilich Herr Sohn . . . der Vetter
Mang hat mir schon eine Herberg bestellt . . . mußt
mir's nit übel nehmen, aber Du bist ein großer Herr . . .
da ist kein Platz für mich . . ."

„Mutter!" rief Lori und schloß sie zärtlich in die
Arme, „kein solches Wort mehr! An diesem Herzen ist
Dein Platz . . . willst Du ihn selber aufgeben?"

Die Frau blieb einen Augenblick an seiner Brust
liegen; es that ihr so wohl, die Arme des Sohnes um
sich zu fühlen und ihren Freudenthränen freien Lauf zu
lassen. „Nein, nein ich bleib' schon bei Dir," sagte sie
dann und ein Lächeln des Glücks glättete die Furchen
auf ihren Wangen; „ich geh' nicht fort, wenn Du mich
behalten und Geduld haben willst mit dem alten blinden
Weib . . . und ich will Dir's nur eingestehn, daß ich
recht hart fortgegangen wär', und daß es mir doch nir=
gends, nirgends lieber ist, als bei Dir, mein lieber,
guter, herziger Bub' — mein Girgl!" Liebkosend strich
sie ihm über Stirn und Wangen und fuhr fort: „Alles,
gar Alles ist mir recht an Dir — Alles, bis auf Eins!
Das solltest Du ändern — und wenn Du mir

folgen wolltest, müßt' auch das Gered' aufhören über Dich . . ."

„Und dieses Eine?"

„Du solltest — heurathen . . ."

„Laß mich, Mutter," rief der Sohn, indem er sich rasch von ihr losmachte, „sprich mir nicht davon!"

„Du bist eigen — warum willst nit einmal hören davon? Das ist ja völlig sonderbar!"

„Keineswegs," entgegnete Lori mit nicht ganz ungekünstelter Ruhe. „Ich weiß nur, es ist mir nicht beschieden, das stille Glück des Hauses zu genießen und an mich zu fesseln — eine große Aufgabe liegt auf mir, die ein ganzes Leben fordert und ein ungetheiltes Herz . . . Und dann, — was sollte aus Bruder Andres und seinen Kindern werden, wenn ich selbst für eine Familie zu sorgen hätte? — Ich bin mir bewußt, Mutter, daß ich den rechten Weg gehe . . . das ist ein fester Stab, auch wenn man verurtheilt ist, allein zu gehn!"

Die glückliche Alte drückte dem Sohne die Hand und drang nicht weiter in ihn. Ein fröhliches Geplauder begann während des Abendimbisses, den Peter herbeischaffen mußte, und Lori horchte den Erzählungen von dem Dorfe seiner Heimath, von jedem Hügel und Walbe,

wo er als sorgenloser Knabe gespielt, und seine Seele
tauchte mit Entzücken unter in das verjüngende Bad
der Erinnerung, dessen Wellen aus der fröhlichen Kinder-
zeit herüber spielten. Er ließ es sich nicht nehmen, die
Mutter dann selbst zur Ruhe zu bringen und in dem
prächtigen, weichen Lager einzubetten, das in der anstoßenden Gaststube bereit stand. Die Anstrengung der
Reise, die Aufregungen der Besorgniß und der Freude
hatten die alte Frau ermüdet; das ungewohnt weiche
Bett trug bei, sie rasch einzuschläfern.

Lori saß lauschend zur Seite. „Sagt Ihr etwas,
Mutter?" fragte er, als sie halb im Schlafe wie mur-
melnd die Lippen bewegte.

„Ja . . ." flüsterte sie leise . . . „ich bete für Dich . . ."

„Thut das, Mutter!" rief Lori ergriffen. „Ich
gehe einem großen entscheidenden Augenblicke entgegen,
in welchem ich das Gebet meiner Mutter bedürfen
werde . . . Ich bitte, — gebt mir Euren Segen . . ."

Die Alte tastete nach ihm, und legte die gekreuzten
Hände auf sein Haupt, das er ihr entgegen beugte.
Sie sagte nichts, aber ihre Lippen bewegten sich fort;
sie betete innerlich, bis sie entschlief. Spät erst, behut-
sam und auf den Zehen eilte Lori davon.

— Als er über den Schrannenplatz kam, war es schon
überall stille geworden, nur die Fenster des Landschafts=
gebäudes an der Ecke der Dienersgasse, die Trinkstube
daneben mit ihrem thurmartigen Erker und der große
Rathhaussaal am Eingange der Burggasse waren noch
erleuchtet, die Schmausereien und Tänze daselbst noch
im vollsten Gange. Das Haus in der Burggasse, in
welchem Limbrunn wohnte, war bald erreicht; es stand
unfern von dem kleinen, in die Leberergasse führenden
gewölbten Durchgang, gegenüber der, später in das
Wirthshaus zum bayrischen Donisl umgewandelten Haupt=
wache der Trabanten und neben dem Eckhause, in
welchem sich die Gefängnisse befanden und der Stadt=
oberrichter hauste.

Die Gesellschaft hatte sich schon zu Tisch begeben
und empfing den verspäteten Gast mit allgemeiner offener
Freude. Alle Anwesenden schüttelten Lori die Hand,
und Limbrunn's Frau, welche als einzige Dame die
Ehren des Hauses in dem Männerkreise verwaltete, lud
ihn ein, den leer gelassenen Platz an Ihrer Seite ein=
zunehmen. „Ich heiße Sie um so herzlicher willkommen,"
sagte sie, „als Ihr Peter mir verrathen hat, was Sie
abhielt, früher zu kommen!" Die Bergräthin Limbrunn

war eine hübsche Frau mit aufgeweckten Zügen und munteren Augen, zu welchen das zurückgekämmte, gepuderte Haar und die runden Seitenlocken sehr anmuthig standen. „Sie müssen sich zusammennehmen," fuhr sie lachend fort, indem sie ihm vorlegte, „und die ganze Mahlzeit nachholen ... Fassen Sie immerhin ein Herz und sagen Sie wie Ihr Peter: „das werden wir gleich haben!"

Man lachte und das Gespräch nahm seinen früheren heiteren Gang, ungezwungen das Nahe streifend und das Ferne näher ziehend, wie ein vertrauter Kreis von Bekannten es möglich macht. Außer dem Herrn und der Frau des Hauses und Lori, bestand derselbe aus dem Kaplan und Beneficiaten Wagenegger, und aus dem Lehrer der Mathematik am kurfürstlichen Kabetten-Corps, Professor Stigler, einem Manne von etwas steifer Erscheinung und abgemessenem Benehmen, hinter welchen aber in guter Stunde das warme Herz und der biedere Sinn desto lebendiger hervorbrachen. Ihm zur Seite saß der Kammerrath Franz von Stubenrauch, dessen rasche Entschlossenheit und muntere Laune in jedem Worte, in jeder Geberde zu erkennen war und der viel dazu beitrug, die Heiterkeit des Mahles nicht ermatten zu laffen. An ihn reihte fich, die Runde vollendend, ein junger Mann, in forgfältig gewähltem Anzuge, mit eblem feingeformtem Antlitz, welchem nur das etwas unftät flackernde Auge einen unheimlichen Ausbruck gab.

Bei Lori's Ankunft hatte ihm Limbrunn zugeflüftert: „Der junge Mann ift mir, wie Sie wiffen, vom Uni= verfitäts=Director Ickftatt auf's Dringendfte empfohlen... ich konnte es nicht umgehn, ihn einzuladen ... es ift der junge Doktor Weißhaupt, von dem ich Ihnen fchon gefagt!"

Das Gefpräch nahm bald eine ernftere Wendung, zumal als die Hofräthin fich unter einem Vorwande ftill entfernt hatte; bald waren es die Angelegenheiten des Landes, welche die Aufmerkfamkeit der Männer völlig in Anfpruch nahmen. Man fprach von den Plänen der Jefuiten, die Univerfität Ingolftadt wieder völlig in ihre Hände zu bekommen, beren Direktor Ickftatt zu ftürzen, und hörte dann Weißhaupt's lebhaft vorgetragene Berichte über die Vorgänge in der engen Feftungsftadt und über die dadurch unter Profefforen und Stubiren= ben — ober Akademikern, wie fie fich felbft am liebften nannten, entftandene neue Aufregung. Noch fchwebte das Gewitter am Himmel und drohte um fo furchtbarer zu

werben, je länger es mit dem Ausbruche zögerte. Man
sprach von der Erschöpfung der Staatskassen, von der
Ueberschuldung des Landes und stritt über Berechtigung und
Zweckmäßigkeit des Widerstandes, womit der bleibende
Ausschuß der Landstände, gestützt auf alte Freiheiten und
Rechte, alle Versuche des Kurfürsten, den Uebelständen ab-
zuhelfen, vereitelt hatte. Dann unterhielt man sich von
dem großen, durch Max Joseph mit dem Vicekanzler Wigu-
lejus Freiherrn von Kreittmair vollendeten Gesetz-
gebungswerke, dessen ersprießliche Folgen sich bereits
überall in der Gleichheit bürgerlicher Rechtsentscheidung
und in der Sicherheit des Rechtsganges überhaupt zu
zeigen begannen, wenn auch die volle Wirksamkeit vielfach durch Trägheit und bösen Willen der Beamten ge-
hemmt wurde. Man bedauerte die Strenge, womit das
beinahe mit Blut geschriebene Strafgesetz verfuhr, und
allein der Stadt München in jeder Woche mehrere Male
das traurige Schauspiel des Vollzugs von Todesurtheilen
bereitete; die ernsten Männer mit den von Vaterlands-
liebe begeisterten Herzen mußten aber mit Bedauern zu-
gestehn, daß diese Strenge in der großen Unsicherheit
des Landes, in der Ueberfüllung desselben mit Gesindel
aller Art eine furchtbare Rechtfertigung fand.

„Rechtfertigung!" rief Lori, als Stubenrauch diese
Behauptung ausgesprochen und mit dem Nachweise unter=
stützt hatte, daß sich augenblicklich in den drei Rent=
ämtern Burghausen, München und Landshut über zwölf=
tausend Bettelleute befänden, welche als solche Jahr aus
Jahr ein in großen und kleinern Abtheilungen das Land
durchstreiften. „Wie kommen Sie, der heitere wohl=
wollende Menschenfreund dazu, ein solches Wort über
Ihre sokratischen Lippen entschlüpfen zu lassen! Kann
derlei jemals gerechtfertigt werden? Niemals — man
muß es tief beklagen und kann die grausame Nothwen=
digkeit höchstens entschuldigen; aber ich gestehe Ihnen
selbst diese Nothwendigkeit nicht zu! Armuth und Un=
wissenheit sind es, welche die Meisten dieser Unglücklichen
zu Schwert und Strang liefern . . . wäre es nicht der
Vernunft angemessener, anstatt eine Erscheinung in ihren
Wirkungen strafend zu verfolgen, sie in ihrem Wurzel=
gewebe von Ursachen anzugreifen? — Kreittmaier, unser
bayrischer Drako, hat auf das Bündniß mit dem Teufel
den Feuertod gesetzt . . . Was sollen wir dazu sagen,
Freunde? Wir, denen die Vernunft und die Wissen=
schaft sagt, ein solches Bündniß ist nichts, als eine Aus=
geburt des finstersten Aberglaubens? Anstatt den wahn=

finnigen Schwärmer, der sich solcher Schuld bekennt, zu
bedauern und zur Vernunft zu bringen, legt man ihm
den verworrenen Kopf vor die Füße! Anstatt solchem
Wahn entgegen zu arbeiten, bestärkt man ihn durch
solche Gesetze und deren Vollzug . . . Das Volk muß
frei gemacht werden von diesen Banden, die seine geistige
Entwicklung und seine leibliche Wohlfahrt gleichmäßig
unterdrücken . . . der heller Denkende wird freilich vor
Phantomen nicht mehr zittern, aber das wahrhaft Heilige
wird ihm dafür besto heiliger sein . . ."

Ein ferner Kanonenschuß unterbrach den in Feuer
gerathenen Redner; mehrere folgten und rollten über
der nachtschweigenden Stadt hin, um ihr zu verkünden,
daß in diesem Augenblicke an der kurfürstlichen Tafel
die Gesundheit des Landesherrn ausgebracht und ge=
trunken wurde.

Die Versammelten erhoben sich und ergriffen eben=
falls ihre Gläser.

„Dies kriegerische Zeichen," fuhr Lori begeistert
fort, „es mahnt uns, an einen Mann des Friedens zu
gedenken — an den Mann, der auf dem bayrischen
Throne sitzt — auf dem allein die Hoffnung des Vater=
landes und aller seiner Getreuen ruht! — Stoßet an,

meine Freunde! Es lebe der Kurfürst von Bayern, Maximilian Joseph, der Gütige! Dieses Glas dem edelsten Menschen im Fürstenmantel!"

„Hoch!" riefen Alle aus vollstem Herzen, und der Gläserklang mischte sich mit dem rauhen Festgruße der Geschütze. „Halt! Lasset die Kelche nicht verklingen!" rief Lori wieder. „Ich habe ein zweites Lebehoch auf den Lippen . . . es gilt unsrem Vaterlande, seiner Er= leuchtung, seiner Erhebung — und seiner Zukunft! — Kein Wort der Zustimmung komme dabei über Euren Mund . . . nur unsre Herzen sollen sprechen . . . und nicht verfliegende Worte wollen wir für unser Bayern haben — sondern Thaten! Laßt uns," schloß er, indeß die Gläser wieder feierlich sich berührten, „den Augen= blick der Weihe erhaschen — laßt uns für diese Stunde ein bleibendes Denkmal schaffen . . ."

„Und was soll dies Denkmal sein?" riefen Stuben= rauch und Stigler, wie aus Einem Munde.

„Was es sein soll?" fragte Lori entgegnend. „Sagen es Euch die eigenen, ächt bayrischen Herzen nicht? — Erlasset mir, meine Freunde, auf das deutsche Reich hinzuweisen und zu zeigen, was der Athemzug freien Denkens und freien Forschens überall geschaffen, welche

schöne neue Keime des Lebens in Wissenschaft und Kunst
er hervorgerufen — brauche ich mehr zu thun, als
Namen zu nennen? Die Namen: Wolf und Lessing,
Klopstock, Gellert und Friedrich den Einzigen? Ersparet
Euch und mir dagegen das düstere Bild unseres Vater-
landes zu entrollen . . . es brennt uns im Herzen und
glüht uns in der Seele! . . . Ich frage Euch auch nicht,
ob es so sein müsse; der Blitz in Euren Augen hat
schon vorher geantwortet, daß es nicht so sein muß . . .
darum habe ich nur das Eine Wort, nur den Einen Zuruf . . .
Auf, meine Freunde, wir wollen nicht dulden, daß es
so bleibe — wir wollen einen ersten Stein, ein erstes
Samenkorn in bayrische Erde legen . . ."

„Reden Sie! Sprechen Sie Ihren Plan aus!"
unterbrach Stigler den Redner. „Unsre Seelen fliegen
der Ihrigen entgegen und umarmen sie auf halbem
Wege . . ."

„Vereinzelt," begann Lori wieder, „sind schon viele
schöne Kräfte untergegangen in diesem Lande . . . Vereinzelt werden auch wir untergehen und jener Macht er-
liegen, welche ich nicht nennen will in so heiliger
Stunde . . . darum sei es das Werk dieses Augenblicks,
Alles, was denkt und fühlt wie wir, zu verbinden; die

einzeln ohnmächtig versiegenden Quellen zu faſſen in
Einen Strom, der Maſten zu tragen und mächtige Trieb=
räder zu bewegen vermag . . . alle guten Kräfte des
Landes aneinander zu feſſeln in Einen großen Verein!"

. „Ein herrlicher Gedanke!" flammte Weishaupt auf;
zuſtimmend erhoben ſich die Uebrigen und boten dem
Sprechenden die Hand.

„Sie ſcheinen mir an eine wiſſenſchaftliche Verbindung
gleichgeſinnter Männer zu denken," ſagte Wagenegger,
„wie ſie in der Geſellſchaft „der vertrauten Nachbarn
am Iſarſtrande" ſchon beſtanden hat, aber unter Druck
und Ungunſt der Verhältniſſe verkümmern mußte?"

„Und dennoch ſo viel Gutes geſtiftet hat!" rief Lori.

„Der Parnassus boicus wird ihr nicht zur Unehre ge=
reichen! Ich denke allerdings an eine ähnliche Vereini=
gung . . . laßt uns eine Akademie gründen, meine Freunde,
eine um die Heiligthümer des Denkens und Wiſſens
geſchaarte und eng geſchloſſene Tempelwache . . . eine
kampfesmuthige˙ und kampfbereite Schaar gegen den
nicht minder muthigen Feind, der ſie bedroht!"

„Es iſt ein langſamer Weg, durch gelehrte Forſchung
Aufklärung ins Volk zu bringen," ſagte Stuben=
rauch kopfſchüttelnd, „aber es iſt ein Weg!"

„Verzeihen Sie, meine Herren," rief Weishaupt aufspringend, „daß ich als der Jüngste in Ihrem erfahrenen Kreise mit einer eigenen Meinung aufzutreten mich erkühne! Schlagen Sie nicht den bezeichneten Weg ein ... er ist nicht blos langsam ... er führt gar nicht zum Ziele! Bedenken Sie, daß nicht ein offener und sichtbarer Feind uns gegenüber steht, sondern Einer, der unsichtbar und im Geheimen wirkt ... Einem solchen läßt sich nur in gleicher Weise entgegen wirken, die Gegen= Mine muß die Mine vernichten!"

„Und wie denken sich der Herr Doktor diesen unter= irdischen Kampf der Minirer?" fragte Lori.

„Der ganze Staat ist von jener Gesellschaft um= schlungen und durchflochten, es giebt keine Schichte des Lebens, in der Sie nicht den feinen Verzweigungen des kunstvollen Gewebes begegnen ... Diese Einrichtung ist bewundernswürdig: lassen Sie uns vom Gegner ler= nen, dieselbe nachahmen und alle Erleuchteten im Lande zum großen und gewaltigen Geheimbunde ver= einigen!"

„Zum Geheimbunde?" rief Limbrunn hastig. „Nein, dafür bin ich nicht, — was wir wollen, braucht, wenn es erst gereift und gekräftigt ist, das Licht des Tages

nicht zu scheuen! Offen, im vollen Lichte des Tages
wollen wir wandeln!"

„Lassen wir," unterbrach ihn Lori, „das Geheimniß
Rosenkreuzern und Freimaurern, — möge sein Reiz die-
jenigen fesseln, die aus dem Bereich der Wirklichkeit
flüchtend, schöne Traumbilder umarmen, wie Jener der
statt der Göttin eine Wolke ans Herz drückte, — wir
haben festen Boden unter uns, eine bestimmte nahe liegende Aufgabe vor uns ... offen wollen wir auf sie
losgehn!"

„Mißverstehn Sie mich nicht!" entgegnete Weis=
haupt verletzt. „Der neue Bund der Erleuchteten, wie
er mir vor der Seele schwebt, soll mehr sein als alles
Bisherige. Von den Jesuiten entlehne er die erprobte
Form und Einrichtung, von den Freimaurern den In=
halt — auf den Schultern Beider muß das neue große
Werk sich erheben und Beide überragen!"

„Nein! Und nochmal nein!" rief Lori mit dem
ihm eigenen Ungestüm: „Nichts von solchen Formen,
von solcher Anleihe — sie ist zu gefährlich! Mit ihr
kämen leicht auch Grundsätze herüber ... uns aber soll
nie das Mittel heilig werden durch den Zweck!"

Er hatte sich erhoben und hielt sein Glas hin, als

ſtumme Aufforderung die Zuſtimmung erkennen zu geben.
Alle Gläſer klangen ihm laut entgegen, nur Weishaupt
ſaß regungslos und ſah finſter vor ſich hin.

„Ich danke Euch, meine Freunde,“ begann Lori
wieder. „Mir ſagt's der Geiſt, unſer Werk wird gelin=
gen. Dieſer Augenblick hat Bayerns Akademie für alle
Zeiten gegründet! Wir wollen in den nächſten Tagen
uns wieder verſammeln: bis dahin will ich den Entwurf
eines Grundgeſetzes ausarbeiten und Euch vorlegen . . .“

„Und wie ſoll dieſes Grundgeſetz lauten?“

„Der Zweck der Akademie diktirt es von ſelbſt.
Es gilt die Erforſchung der Natur und der Geſchichte,
der beiden Wurzeln, in denen alles Menſchenleben zu=
ſammenläuft! Was wir erforſchen ſoll Gemeingut wer=
den — das Licht unſerer einſamen Stubirlampe ſoll die
Leuchte entzünden, womit der Morgen emporſteigt!
Wir wollen unſern Landsleuten zeigen, was um uns her
lebt und webt, wie das Vergangene geweſen und wie
die Gegenwart geworden! Damit wir das können, wol=
len wir zu unſern Landsleuten in der Sprache reden,
die ſie verſtehen und mit der keine andere an Herrlich=
keit ſich vergleicht! So wird, ſo muß es hell werden
— ſo muß die modrige lateiniſche Stubenluft, die auf

Allem lastet, weichen und ein frischer Lebenshauch durch unsere schönen Gauen gehn, wie das Rauschen unserer deutschen Ströme und Wälder!"

„— Und wer sollen die Mitglieder des Vereins sein?"

„Es giebt Viele in Bayern, die denken und fühlen wie wir. Leben nicht noch Manche von der Gesellschaft der vertrauten Nachbarn am Isarstrom? Haben wir nicht die wackern Pröpste von Schlehdorf und Polling, Ildephons Kenneby, den gelehrten Schotten in Regensburg? Der feurige Lipowsky, der biedere Oefele, der wackere Bergmann — werden sie nicht Alle zu uns stehen und sind es nicht Männer von tüchtigem Schrot und Korn? Jeder suche in der Stille Freunde für unsere gute Sache zu gewinnen."

„Wie wäre es," unterbrach ihn Stiegler, „wenn man auch die Frau Herzogin Marianne ins Vertrauen zöge? Die Zusammenkünfte, welche sie zeitweise giebt, bei welchen gelesen und disputirt werden soll, zeigen daß sie von verwandter Gesinnung ist . . . Sie müssen es wissen, Lori . . . Ihnen wurden ja schon Einladungen zu Theil!"

„Herzogin Marianne," erwiderte Lori mit Zurück-

haltung, während in seinem Auge ein rasches Feuer auf-
loberte, „ist Eine der Edelsten Ihres Geschlechts und
Ihres Stamms. Sie wird uns eine mächtige Stütze
sein, ist das Werk erst gegründet: zur Gründung selber
wollen wir der Hülfe von oben entbehren ... Wir,
die Söhne des Volkes wollen das Werk schaffen, —
sein Schutz und seine Weihe sei dem Fürstenhause vor-
behalten! Wenn wir uns daher zuerst auch verbergen
müssen, wie die ersten Christen — bald soll es offen
an's Licht, was wir wollen! Und was auch geschehen
möge — nicht wahr, wir unter uns sind einig? Wir
wollen den Muth haben, zuerst das entscheidende Wort
auszusprechen? Wir wollen vor keiner Drohung, vor
keinem Opfer zurückweichen? Nicht wahr — die Akademie ist gegründet?"

„Sie ist es!" erwiderten Alle feierlich und reichten
sich die Hände. „Wir wollen uns aber auch nicht täuschen, meine Freunde," fügte Limbrunn hinzu, „als ob
wir ein leichtes Werk unternommen hätten ... Wir
werden Muth und Ausdauer sehr nöthig haben ... ich
sehe große, ernste Gefahren gegen uns heran kommen
und es ist mehr als möglich, daß wir unterliegen..."

„Dann unterliegen wir ruhmvoll und für eine gute

Sache!" rief Lori. „Dann haben wir das Unsrige ge=
than — die Trümmer unsres Wirkens werden bann
wenigstens der Unterbau sein für den Tempel der Zu=
kunft!"

Von den Thürmen der Stadt schlug es Mitternacht,
die begeisterten Männer beachteten es nicht, daß Weis=
haupt sich erst in ein Fenster zurückgezogen und dann
das Zimmer verlassen hatte. Er schritt durch die bunkle
Straße, in sich hinein zürnend und über dem Illumi=
naten=Bund brütend, den er später zu seinem Unheil
in's Leben rufen sollte.

Oben, hinter den erleuchteten Fenstern hielten die
Freunde sich umschlungen oder schüttelten sich mannhaft
die Hände. „Hört!" rief Lori. „Diese Glockenschläge
künden Frieden, die Mitte der Nacht ist erreicht — wir gehen
dem Morgen entgegen! Mögen diese Klänge in allen
schlummernden Herzen nachhallen als ein schöner Traum
des Glücks — möge ihnen in einem fernen Jahrhun=
bert . . . wenn auch über unsern vergessenen Gräbern
. . . ein dankbarer Widerhall antworten!"

„Und was soll die Losung sein, an der wir uns
halten und einigen?" fragte Kaplan Wagenegger. „Was
ist der Wahlspruch unserer Akademie?"

„Das Geheimniß des Lebens," entgegnete Lori feierlich, „ist das Maß, das edle Gleichgewicht ... ihm wollen auch wir nachstreben! Fest unser Ziel im Auge, wollen wir nach keiner Seite ausschreiten und abirren — kein Haß beflecke unsern reinen Kampf — dem Irrthume gilt er, nicht den Irrenden — das edle schöne Maß sei mit uns im Siege und im Untergang! Giebt es dafür ein besseres Sinnbild als die Wage? — Tendit ad aequum — sie strebt nach dem Gleichgewicht ... Erhebet noch einmal die Gläser — das soll unser Wahlspruch sein!"

„Er soll es sein!" riefen Alle und stießen an: „Tendit ad aequum!"

III.

Der Vater des Landes.

In einem Vorsaale der prachtvollen kurfürstlichen
Burg zu München, von welcher noch aller Schimmer
aus Carl Albrechts trauervoller Kaiserzeit hernieberstrahlte,
saß an einem kleinen Tischchen mit weißer Marmor-
platte und zierlich vergolbeten Rehfüßen ein ältlicher
Herr, der mit silbergefaßtem Stift einige Bemerkungen
in das vor ihm liegende Heftchen notirte. Der abge-
messene würdevolle Ernst, womit er es that, ließen auf
eine hochwichtige Beschäftigung schließen und die Haltung
des Mannes, der an Steifheit nur von seiner Perrücke
und dem lang hinabreichenden Zopfe übertroffen wurde,
biente nur dazu diese Vermuthung zu bestätigen. Dennoch blieb all dieser feierliche Ernst ohne Eindruck auf
einen etwas jüngern Mann von untersetztem derben
Körperbau und rothem Gesicht, aus welchem die listigen

unb luſtigen braunen Augen Mühe hatten ſich über bie
bicken Wangen Bahn zu brechen. Haſtig trat er burch
bie Hauptthüre ein, blickte um ſich unb eilte bann auf
ben Mann am Tiſchchen zu. „Aber was machen Sie
benn, Herr Kammerfourier?" rief er ihn an. „Man
ſucht Sie überall wie eine Stecknabel . . .?"

Der Kammerfourier ſah nicht empor unb fuhr in
ſeiner Beſchäftigung weiter. „Ich muß ben Herrn Se=
cretarius erſuchen, mich in meiner höchſt wichtigen Ar=
beit nicht zu unterbrechen . . ." ſagte er. „Ich habe
mich bamit hierher retirirt, weil ich hier am ungeſtörteſten
zu ſein hoffte. Vor Beginn ber Conferenz kommt Nie=
manb in bieſe Gemächer!"

„Wichtige Arbeit!" entgegnete ber Secretär berb.
Ich bringe Ihnen jebenfalls eine noch wichtigere! Hören
Sie nur — im Schlafgemach Seiner Durchlaucht . . ."

„Aber ich ſage Ihnen," unterbrach ihn ber Fourier,
„baß ich ganz unmöglich hören kann! Mein höchſt
wichtiges Werk . . ."

„Was haben Sie benn nur für einen Wiſch?" rief
ber Secretair unb langte nach ber Hanbſchrift, bie aber
ber Fourier eiligſt zurückzog, als würde ſie burch eine
frembe Berührung entheiligt. „Entſetzlich!" rief er babei.

6*

„Reden Sie mit Respekt von diesen Blättern ... sehen
Sie, lesen Sie! Kurfürstlich bairischer Hofkalender und
Schematismus — zum erstenmal ans Licht gestellt durch
Josephum, Edlen von Fischbein, Kammerfourier Seiner
Durchlaucht von Baiern! — Was sagen Sie nun?"
fuhr er fort, indem er ihm die Frakturbuchstaben des
Titelblatts, aber in unangreifbarer Entfernung vorhielt.
„Begreifen Sie nun, worin Sie mich unterbrochen haben?
Es hat sich mir heute noch der Zweifel aufgedrängt,
wohin ich die beiden Hofzwerge zu placiren habe ...
Gehören sie unmittelbar nach der Reitschule und dem
Turnierhauspfleger, also vor die neununddreißig Hof=
lakaien, oder gebührt ihnen der Rang erst nach diesen,
also vor den Sesselträgern und vor der angeschafften
und unangeschafften Stallpartei? Was ist Ihre Mei=
nung, Herr Kabinets=Secretarius?"

„Meine Meinung ist!" erwiederte dieser trocken,
„daß Sie selbst die längste Zeit als Kammerfourier in
Ihrem kostbaren Hofkalender figurirt haben werden,
wenn Sie mich nicht anhören. Im Schlafgemache Sei=
ner Durchlaucht ist schon wieder ein Diebstahl vorge=
kommen ..."

„Horreur!" rief der Fourier und machte einen Rück=

schritt, den man bei seiner Steifheit nicht für möglich hätte halten sollen. „Schon wieder?"

„Nicht anders. Wie schon einige Male sind aus der Börse, welche Durchlaucht Nachts auf dem Kamin= Sims abzulegen gewohnt sind, zwei holländische Ritter= Dukaten verschwunden . . .."

„Und wieder keine Spur?"

„Nicht die geringste. Durchlaucht sind sehr unge= halten darüber, haben die strengste Untersuchung befohlen und erklärt, wenn binnen vierundzwanzig Stunden der Thäter nicht entdeckt sei, würden sie ihre ganze persön= liche Umgebung entlassen, da nur Jemand aus dieser der Dieb sein könne!"

Der Fourier war wie versteint; er achtete es nicht, daß der kostbare Hofkalender ziemlich derb auf die Tisch= platte und von dort zu Boden fiel. „In vierundzwanzig Stunden?" stammelte er. „Das ist eine platte Unmög= lichkeit . . . was sollen wir thun?"

„Das wollte ich Sie fragen, denn Sie als Kam= merfourier betrifft die Sache zunächst! Einstweilen, weil Sie nicht aufzutreiben waren, habe ich bei allen Bethei= ligten die strengste Durchsuchung vorgenommen!"

„Durchsuchung! Visitation!" rief der Fourier wie=

der aufathmend. „Das war ein herrlicher Einfall! Dadurch müssen wir dahinter kommen!"

„Nichts da! Wir haben doch die Scheibe gefehlt: bei Keinem von der ganzen Dienerschaft hat sich auch nur das Geringste gefunden, was auf eine Spur führen könnte! Sie waren auch alle augenblicklich bereit, — nur der kleine Heiducke will das Kistchen, in dem er seine sieben Zwetschgen hat, durchaus nicht visitiren lassen ... er hat sich darauf gesetzt, schlägt mit Armen und Beinen um sich und beißt und kratzt wie eine wilde Katze!"

„Der Türkenjunge? Der Gallegitsch?" rief Fisch= bein. „O dann ist kein Zweifel — er ist der Dieb! Natürlich, das steckt von Haus aus in ihm, in dem schlechten heidnischen Blut! Kommen Sie! Herr Se= cretarius, wir wollen hin: mir gegenüber soll der Tür= kenschlingel wohl aufhören, sich zu weigern!" Er ging mit hastigen steifen Schritten der Thüre zu; der Secre= tair folgte; an der Schwelle aber wandte sich Fischbein um und stürzte an das Tischchen zurück, an dem er ge= sessen war. „Ueber dem Diebsvolk," sagte er gravitä= tisch, indem er das Heft neben dem Jabot unter die Weste versenkte, „hätte ich bald das Wichtigste vergessen!

Wenn es hier Leute giebt, welche ein paar Goldstücke reizen, was würde geschehen, wenn Einem eine Hand= schrift vorkäme, wie mein kurfürstlich bayrischer Hof= kalender und Schematismus . . ."

„Das wüßte ich allenfalls," brummte der grobe Secretär, „wenn anders das Papier stark genug ist, um Wurst oder Käse einzuwickeln!"

Kaum hatten die Beiden sich entfernt, als gegen= über eine Flügelthüre sich aufthat und zwei Männer in geistlicher Kleidung heraustraten: es waren Pater Xave= rius Neumayer und der einflußreiche Beichtvater des Kurfürsten, Pater Daniel Stabler, ebenfalls von der Gesellschaft Jesu. Neumayer verabschiedete sich von dem mächtigen Genossen mit ehrfurchtsvollen Verbeugungen, welche dieser mit der feinen Manier eines Weltmannes hinnahm, der solche Ehrenbezeugungen nicht ablehnt, aber durch seine Herablassung den Anschein gewinnen will, als achte er nicht darauf. Neumayer trug den schwarzen Habit der Gesellschaft, der kurfürstliche Ge= wissensrath war zwar ebenfalls schwarz, aber weltlich ge= kleidet; die Beinkleider von Atlas und die mit schwarzer Seide gestickte Sammetweste mit dem ähnlichen Rock gaben seiner Erscheinung sogar einen hofmäßigen An=

strich. Nichts erinnerte an den Stand, als das auf dem
Rücken hinabhängende gefältete Mäntelchen von schwar=
zer Seide. „Empfehlen Sie mich dem Pater Rektor,"
sagte er, indem er ungefähr in der Mitte des Saales
stehen blieb und Neumayer mit gewinnendem Lächeln
die Hand reichte, das seine regelmäßigen Züge noch an=
genehmer machte. „Ich lasse für die bewiesene Aufmerk=
samkeit wiederholt danken: im Uebrigen möge er ganz
ruhig sein, es ist Alles eingeleitet und den besten Händen
anvertraut . . . noch heute wird sich Alles entscheiden!"

Pater Neumayer ging und der Beichtvater wollte
eben in sein Gemach zurückkehren, als ein fein gestickter
Handschuh sich auf seinen Arm legte und eine schmäch=
tige Stimme flüsterte: „Sind Sie dessen auch ganz
gewiß, hochwürdiger Herr?" Ueberrascht wandte Stabler
sich gegen den Sprechenden, dessen Körper nach Umfang
und Beschaffenheit vollkommen den dünnen Lauten ent=
sprach, die davon ausgingen. Aus dem magern Gesicht
sprang eine starke gebogene Nase vor, neben welcher ein
paar blaue sichere Augen in tiefen Höhlen ruhten. Der
Mann trug einen grünen Jagdrock mit umgeschlagenen
Schößen, durch einen breiten goldbeschlagenen Leder=
streifen gegürtet und faltenreiche, eng anliegende Stiefel,

die bis über die Kniee reichend das graue Lederbeinkleid zum Theil bedeckten. „Sieh da, Herr Baron von Wide= mann!" rief Pater Stabler mit artig grüßender Ver= beugung. „Ich stehe nicht an, zu bekennen, daß ich etwas überrascht bin, den Herrn Ambassadeur römisch = kaiser= licher Majestät zu ungewohnter Stunde an so ungewohn= tem Orte zu sehen . . . und" setzte er mit einem Blick auf den Anzug des Freiherrn hinzu „. . . auch in so ungewohnter Erscheinung . . . "

„Warum?" erwiderte der Gesandte lächelnd. „Seine Durchlaucht wünschen, daß bei den Hofjagden Jedermann in der von ihm ausgedachten malerischen Tracht erschei= nen solle — ich glaube, daß er die Aufmerksamkeit voll= kommen anerkennen werde, welche ich in meiner Stellung ihm dadurch erweise, daß ich seinem Wunsche entspreche. Was aber Ungewohnheit von Ort und Zeit betrifft, so scheinen Hochwürden nicht zu wissen, daß heute die erste große Mövenjagd auf dem Würmsee stattfinden soll und daß zur Versammlung die Antichambre vor dem kurfürst= lichen Conferenzzimmer bezeichnet wurde. . . ."

„Das ist so ungewöhnlich," sagte der Pater, „daß Sie mein Staunen begreiflich finden werden! Jeden= falls läßt sich daraus schließen, daß die zu gleicher Zeit

angefeßte Conferenz nicht auf lange Dauer berech=
net ift."

„Sie fehen indeffen, baß ich Recht habe!" bemerkte
ber Freiherr, indem er auf einige Herren und Damen
beutete, welche burch die verfchiedenen Saaleingänge ein=
traten unb fich unter gegenfeitigen Begrüßungen zu bun=
ten Gruppen zufammenfanben. „Man verfammelt fich
bereits ... Doch, wenn vor ber Jagd noch Conferenz
ftattfinden foll, muß wohl eine wichtige Angelegenheit
zur Sprache kommen.... Wäre Ihnen vielleicht bekannt,
Hochwürden, worin diefelbe befteht?"

„Bebaure, Excellenz," fagte Stabler ausweichenb
mit eigenthümlichem Lächeln, „bekanntlich habe ich nicht
bie Ehre, zur geheimen Conferenz zu gehören — aber
bort ift fo eben ber Hofkammerpräfibent, Freiherr von
Berchem, mit bem Oberfthofmeifter Graf Preyfing ein=
getreten: wenn fich Excellenz an biefe wenden woll=
ten —"

„Ich glaube, Sie haben Luft mich zu fchrauben?"
rief ber Gefandte zurücktretenb. „Seien Sie verfichert,
baß ich meine Wege an biefem Hofe auch ohne Ihren
gütigen Rath zu finden weiß! Wenn ich Sie fragte,
gefchah es nur, weil bas gemeinfame Intereffe Sie mit

mir verbindet und Sie mir eher mit Vertrauen als mit
Zurückhaltung entgegen kommen sollten!"

„Excellenz sind sehr gütig," sagte Stabler achselzuckend, „wenn ich auch nicht sogleich einzusehen vermag,
welches gemeinsame Interesse . . ."

„Lassen Sie die Maske, die Ihnen doch zu nichts
hilft!" rief Widemann. „Wir sind schon so lange Zeit
Hand in Hand miteinander gegangen und nun stellen
Sie sich an, als ob Sie Lust hätten, gegen uns Front
zu machen? Gut — ich will nicht Gleiches mit Gleichem
vergelten, sondern mit dem Vertrauen voran gehen . . .
Ich weiß, was Sie vorhaben . . . Sie wollen einen
Gewissen von Ingolstadt und der Universität wegbringen,
wollen dem ketzerischen Unfug, der dort unter dem Vorwande freier Forschung eingeschwärzt worden ist, ein
Ende machen! — Freie Forschung! — Mein Gott . . .
die wollen wir ja auch, nur in etwas anderer Weise . . !
Darum hat meine allergnädigste Kaiserin das ärgerliche
Treiben in Ingolstadt schon lange mit Herzeleid wahr-
genommen . . . Rechnen Sie also auf meine lebhafteste
Unterstützung und gewähren Sie mir dafür die Ihrige
bei meinem Unternehmen . . ."

„Eh' ich mich entscheide, gestatten Sie mir wohl die

Frage, worin meinerseits diese Unterstützung bestehen soll? . . ."

„In einer Kleinigkeit. Sie wissen, mit welch' bitterem Schmerz Maria Theresia, die durch den Verlust Schlesiens ihr zugefügte Kränkung erträgt und daß sie keine Ruhe hat, bis diese Kränkung gesühnt, Schlesien wieder erobert und jener übermüthige preußische Friedrich gedemüthigt ist. Sie wissen aber auch, wie wenig Theilnahme die Fürsten für den deswegen beschlossenen Reichskrieg zeigen, wie lau er geführt wird und wie sich Einzelne sogar in geheime Unterhandlungen mit dem Reichsfeind eingelassen haben. Der Feldzug des vorigen Jahres war durch die Einnahme von Schweidnitz und Breslau — wobei die bayrischen Truppen sich mit unsterblichem Ruhme bedeckt haben — so vortrefflich zu Ende geführt, dennoch war die kleine Schlappe von Leuthen, die von den Preußen so sehr übertrieben und ausposaunt wird, hinreichend, das Vertrauen der Kriegführenden zu erschüttern, selbst Kurfürst Maximilian fängt an zu den Lauen zu gehören!"

Ein eigenthümliches Lächeln spielte um die Lippen des Jesuiten. „Vielleicht sind die Fürsten der Ansicht geworden," sagte er, „daß es sich nicht so sehr um eine

Angelegenheit des Reichs, als vielmehr Oesterreichs
handelt!" ●

„Als ob das ein Unterschied wäre! Oesterreich will
Schlesien wieder, und das Reich kann nicht dulden, daß
es ihm gewaltsam und widerrechtlich abgenommen wurde —
also sind Oesterreich und das Reich und Habsburg und
der Kaiser ganz gleichbedeutend!"

„Dieser Satz ist allerdings nicht neu — Kurfürst
Max Joseph dürfte auch wohl noch der blutigen Weise
gedenken, wie derselbe seinem Herrn Vater, Kaiser Karl
dem Siebenten ausgelegt und erörtert worden ist!"

„Wovon reden Sie doch! Das sind ja vergessene
Dinge! Hat Baiern seither nicht lauter Beweise kaiserlicher Huld und Gnade erhalten? Ist ihm durch den
Füßner Frieden nicht Alles zurückgegeben worden, was
es zuvor besessen hatte?"

„Dennoch möchte ich eben nicht rathen, Seine Durchlaucht an diesen Frieden zu erinnern — es dürfte
kaum geeignet sein, ihn für Ihre Plane zu stimmen . . ."

Der Gesandte fixirte den Pater einen Augenblick.
„Wer war es denn," fragte er, „der vor vierzehn Jahren am Eifrigsten für diesen Frieden wirkte? Und jetzt

— wie doch die Menschen und die Zeiten sich ändern! Doch — ich werde Ihnen nicht mehr beschwerlich fallen, Hochwürdigster . . . nur das Eine möchte ich Ihnen doch rathen, sich nicht gar zu sicher zu glauben. Noch ist der Streich, dessen Gelingen Sie für heute so gewiß voraus sagten, nicht geführt — er kann auch mißlingen und dann wäre es nicht so übel gewesen, sich auf eine befreundete Macht stützen zu können, zumal wenn sie Bundesgenossen hat, wie wir!"

„Und die wären?" fragte der Pater aufmerksam.

Der Gesandte antwortete nicht; er sah scharf nach dem Eingange des Saales hin und stellte sich an, als ob er darüber die Frage überhört hätte. „Sehen Sie nur die Gräfin Solms, die so eben eintritt!" sagte er. „Dieser Wuchs, wie der einer Juno! Dieses prachtvolle Raben=Haar, diese schwarzen unwiderstehlichen Augen . . . Was meinen Sie, ist die Gräfin nicht die schönste Dame am Hofe?"

„Möglich. . . Aber soll das die Antwort auf meine Frage sein?"

„Sie gefällt auch allgemein," fuhr der Diplomat fort, „und erobert alle Herzen . . . Seine Durchlaucht haben sie schon mehrmals durch besondere Aufmerksam=

teit ausgezeichnet . . . A propos, waren Seine Durch=
laucht gestern Abend in der Oper? Sie soll prachtvoll
gewesen sein."

„Seine Durchlaucht haben den Abend bei der Frau
Herzogin Marianne zugebracht. Deren Gemahl, Herzog
Clement, ist wieder leidender als je und kann seine
Appartements nicht verlassen."

„Ach ja . . . diese Herzogin! Eine schöne und das
muß man gestehen, eine geistreiche Frau . . . sie stünde
sonst nicht mit Friedrich von Preußen in Briefwechsel,
wie man erzählt . . . aber ihr Einfluß ist höchst schäd=
lich! Wäre mit Ihnen was anzufangen, Pater, so müßte
man fragen, wie dieser Einfluß gebrochen und allenfalls
durch einen andern erseßt werden könnte . . . allein so
muß ich mich auf mich selbst und auf meinen Bundes=
genossen verlassen! . . . Nein wirklich, diese Solms ist
hinreißend . . . Entschuldigen Sie, Hochwürdigster, ich
kann nicht umhin, ihr ebenfalls meine Huldigung zu
Füßen zu legen!"

Er ging; der Pater sah ihm einen Augenblick
wie unschlüssig nach, wandte sich aber dann rasch
seinem Gemache zu. „Es ist besser so!" murmelte er.
„Der Sieg ist gewiß — er soll ganz unser sein,

damit wir Ruhm und Frucht des Sieges nicht theilen müssen!"

Die Versammlung im Vorsaale war indessen sehr zahlreich und glänzend geworden; an den Fenstern und die beiden Hauptwände entlang standen Beamte, Hof= herren und Offiziere, im Gespräche untereinander oder mit den Hofdamen, den Fräuleins und Frauen der Jagd= gäste. Die meisten von den Männern trugen denselben Jagdanzug wie Baron Wibemann, die Damen ähnliche Reitkleider und auf den kleinen aufgekrämpten Hüten, verschiedenen Schmuck wie Reiherfedern oder den Flügel eines andern Wildvogels oder den unnachahmlich zarten weißen Flaum des Adlers. Der kaiserliche Gesandte hatte die Gräfin Solms begrüßt und stand nun in eini= ger Entfernung von ihr mit einem jungen Manne in feinem Jagdkostüme in einer Fensterbrüstung, von wel= cher aus der ganze Saal vollkommen zu übersehen war.

„Sie haben die Gelegenheit zu einem Besuche am Mün= chener Hofe sehr gut gewählt, Herr Graf Lynar," sagte er. „Gleich die heutige Jagd giebt Anlaß, Sie mit allen Hauptpersönlichkeiten bekannt zu machen . . ."

„Es gefällt mir sehr wohl in München," sagte Graf Lynar, „aber mein kurzer Aufenthalt hat schon genügt, mir zu zeigen, daß der Ton hier ein vielfach anderer ist, als am sächsischen Hofe. Man lebt hier in steiferen Formen als in Dresden."

„Ueberbleibsel aus der vorigen Regierung!" erwiderte Widemann. „Es ist noch etwas vom kaiserlichen Prunk geblieben, der Kurfürst aber ist ein Freund von einfachen Sitten. Sonst hätte er die Jagdgesellschaft nicht hierher geladen — das ist sonst Alles streng geschieden. Da giebt es sonst eine Ritterstube, in welcher die Truchsessen und Räthe und Alle sich versammeln, was nicht den Kammerherrn-Schlüssel trägt; was noch geringer ist, muß in den Herkulessaal. Nach oben folgt dann die erste Antekammer für die Kammerherren, die Cavaliere, Gesandten und Prälaten — in das Heiligthum der zweiten Antekammer aber bringen nur die dienstthuenden Hofherren, die Geheimräthe, Generale ... Doch ich will Sie damit nicht ennuyiren und Ihnen lieber die Koryphäen des Hofes zeigen ...."

„Sie werden mich sehr verbinden ...."

„Sehen Sie den alten Herrn dort an dem Pfeiler? Mit dem ernsthaften verdrießlichen Gesicht? Das ist der Oberhofmeister Graf Preysing auf Hohenaschau, und der große starke Mann im gestickten Kleide, mit dem er spricht, ist der Vizekanzler Freiherr von Kreitmayr, ein gewaltiger Jurist, der aber, wie man sagt, mit der Feder besser fort kann, als mit dem Munde. Der kleine schmächtige Mann mit der Habichtsnase ist der Oberst= Stallmeister Graf Seinsheim, und der dicke Herr neben ihm, der auf seinem Gürtel Jägerhorn und Hirsch= geweih gestickt hat, ist Graf Tattenbach, der Oberst= kämmerer ..."

„Und jener große hagere Mann in dem sonderbar gestreiften Ueberwurf und den schwefelgelben Beinklei= dern?" fragte Lynar.

„Graf Piosasque de Non, der Hartschierhauptmann, und der martialisch aussehende Mann neben ihm, im hellblauen Rock mit Schnüren, Graf Seyssel d'Aix, der Kommandant der Trabanten. Er spricht so eben mit einem kleinen lebhaften Männchen, ganz in Schwarz ge= kleidet ... das ist Signor Perocci de Perocci, der Un= terintendant der kurfürstlichen Festivitäten ..."

Dreimaliges Klopfen unterbrach das Gespräch, die Fouriere stießen ihre Stäbe auf den Boden, um die An= kunft des Landesherrn zu verkünden. Die Flügelthüren öffneten sich, sechs Edelknaben, in blauen Sammetröcken rothen Westen und weißen Atlasschleifen an den Schul=

tern traten heraus und stellten sich zu beiden Seiten des
Eingangs auf.

Kurfürst Maximilian Joseph erschien, von allen Anwesenden nach spanischer Sitte mit ehrfurchtvoller Knie-
beugung begrüßt, nur die Gesandten und fremden Cavaliere durften es bei der einfachen Verneigung bewenden
lassen. Der Kurfürst hatte kaum das dreißigste Jahr
erreicht und konnte ein vollendet schöner Mann genannt
werden. Seine hohe Stirne, die edle wohlgeformte Nase,
der feine Mund bildeten ein liebenswürdiges Ganzes,
das durch den milden Ernst der Augen und ein gütiges
Lächeln um die Lippen alle Herzen gewann. Maximilian
trug die allgemein vorgeschriebene Jägertracht und nur
der große Stern auf der Brust unterschied ihn von den
Uebrigen. Er überblickte die Versammlung mit wohl-
wollender Miene, und rief, indem er den breieckigen
federbefranzten Hut leicht lüftete: „Guten Morgen,
meine Herren und Damen! Herrliches Jagdwetter heute
— das muß man benutzen! Wir sind durch Geschäfte
noch verhindert: aber lassen Sie sich deßhalb nicht aufhalten! Laß die Jagd aufbrechen, Tattenbach . . .
Ihre Liebden, die Frau Kurfürstin ist in Fürstenried,
wo wir sie abholen wollen! Dort soll man Uns er-

7*

warten — Guten Morgen und viel Vergnügen, meine
Herrschaften!"

Rasch hatte sich der Saal seiner glänzenden Bevölke=
rung entleert, nur die zur Conferenz berufenen Herren
waren zurückgeblieben und wollten eben dem Kurfürsten
in das Berathungszimmer folgen, als vom Corridor her
der Laut von eilenden Tritten und heftigen Stimmen
hörbar wurde. Max Joseph wandte· sich fragend um:
im nämlichen Augenblick flog aber schon die Thüre auf
und ein Knabe in türkischer Kleidung stürzte laut jam=
mernd herein, auf dem Arme ein Kästchen, das er fest
an sich drückte, verfolgt von einer Schaar La=
kaien, unter welchen der Kabinetssekretair Erbt und
der Kammerfourier, der Edle von Fischbein, nicht
fehlten.

„Was giebt es denn hier?" fragte der Kurfürst ver=
wundert, während der Türkenknabe mit seinem Kästchen
sich athemlos ihm zu Füßen warf. „Was ist's mit dem
Gallegitsch, daß man ein solches Treibjagen anstellt in
Unserer Residenz?"

„Durchlaucht," stammelte der Fourier, „ich saß vor
einer Stunde hier im Saale, beschäftigt mit meinem kur=
fürstlichen Hofkalender und war eben in die Frage ver=

tieft, ob die Hofzwerge nach der Reitschule und dem Turnierhauspfleger rangiren oder nach . . ."

„Laß' Er den Erdt reden!" unterbrach ihn der Kurfürst, „Er führt seinen Namen nicht umsonst: sogar Seine Zunge ist steif, als ob sie von Fischbein wäre . . ."

„Durchlaucht," begann Erdt, während der Fourier verblüfft zurücktrat und sich den Schweiß von der Stirn trocknete, „zur Ermittelung der neuerdings in den Allerhöchsten Gemächern vorgekommenen Entwendungen habe ich eine allgemeine Durchsuchung bei allen Bediensteten vorgenommen. Alle haben sich auch bereitwilligst unterworfen: nur der kleine Bengel da — Durchlaucht entschuldigen meine Grobheit — setzt sich mit Händen und Füßen zur Wehre und will jenes Kästl durchaus nicht visitiren lassen!"

„Warum thust Du das, Gallegitsch?" fragte der Kurfürst den zu seinen Füßen zitternden und weinenden Knaben. „Siehst Du nicht ein, daß Du Dich gerade dadurch selbst verdächtig machst? Mein kaiserlicher Vater hat Dich als Kind aus der Sklaverei losgekauft und hierher gebracht . . . ich habe Dich erziehen lassen und immer gut gehalten . . . hast Du mich wirklich bestohlen zum Dank dafür?"

Der Knabe fah mit thränenden Augen zutraulich zu dem Gebieter empor, kreuzte die Arme über der Bruſt und ſchüttelte den Kopf.

„Warum weigerſt Du Dich dann, das Käſtchen zu öffnen?"

„Nur gegen dieſe Herren, die Gallegitſch einen Dieb ſchelten ... mein gnädigſter Gebieter thut das nicht ... er wird mir nicht zürnen ..."

„Alſo haſt Du doch etwas zu verbergen?" fragte der Kurfürſt und blickte in das Käſtchen, das der Knabe geöffnet und auf ein Tiſchchen geſtellt hatte. „Was bedeutet das? Papiere, Farben, Pinſel und hier — Malereien ... Wie kommſt Du dazu? Von wem ſind die Sachen?"

„Verzeihung, gnädigſter Gebieter!" ſchluchzte der Knabe, „ich habe gefürchtet, man wird mich ſchelten und auslachen ... Ich habe aber nichts darüber verſäumt und immer nur am frühen Morgen und Nachts gearbeitet ..."

„Was? Das haſt Du gemalt?" rief der Kurfürſt ſtaunend. „Wer hat es Dich gelehrt?" Dabei muſterte er die in Waſſerfarben bemalten Blätter.

„Niemand — es hängen ſo viel Bilder überall in der Burg'... da hab' ich es nachgemacht ..."

„Sieh doch," rief Maximilian wieder, „da sind ja auch Conterfeis! Wahrhaftig, der Edle von Fischbein, wie er leibt und lebt! Und das hier sollen wir wohl selber sein.... Sieh einmal her, Preysing, das ist wirklich unser eigenes Portrait ... Und recht wacker dazu. ... Nun, steh' nur auf!" fuhr er zu dem Knaben gewendet fort, während deffen Malereien von Hand zu Hand gingen. „Es freut mich, daß Du das so aus Dir selber zuwege gebracht haft — aber mein Heiduck kannst Du nicht mehr sein ..."

„Herr!" schrie der erschrockene Knabe, „verstoß' mich nicht ..."

„Steh' auf, sag' ich Dir! Nimm Deine Sachen zusammen — geh' zu meinem Hofmaler Wink: sag' ihm einen Gruß von mir — er soll Dir Unterricht geben und einen tüchtigen Maler aus Dir machen ..."

„Mein gnädigster Gebieter!" rief Gallegitsch, indem er die Hand des Kurfürsten ergriff und mit Thränen überströmte.

„Es ist schon gut," sagte der Kurfürst gütig, „laß nur meine Hand los und geh' ... aber unser Conterfei nehm' ich mit, das muß ich Ihro Liebben, der Kurfürstin zeigen ... Jetzt kommt, Ihr Herren, — zur Conferenz!"

Er schritt in das Berathungszimmer, ein kleines
schmuckreiches Gemach, dessen dunkelgrüne Wände durch
phantastische vergoldete Palmen abgetheilt war, welche
als Säulen dienten und deren in Stuck gearbeitetes
Blätterwerk sich an die Decke erhob und selbe über=
gitterte. Eine lange mit Stühlen umgebene Tafel nahm
die Mitte des Gemaches ein: das obere Ende derselben
münbete gegen den Kamin, über welchem zwei Palmen
eine Art Hütte bildeten. An diesen, in welchem ein leich=
tes Feuer brannte, lehnte sich der Kurfürst und winkte
den Ministern ihre Plätze einzunehmen, während ein
Kammerdiener ihm eine Tasse Kaffee überreichte.

„Stelle den Kaffee nur auf das Sims . . .“ rief
er und fuhr, den Kammerdiener näher in's Auge fassend,
fort: „Du bist es, Woticzka? Du hast neulich das Adagio
im Concert sehr schön gegeigt, ich bin vollkommen zu=
frieden mit Dir! — Du sollst es mir einmal auf meiner
Amati=Geige vorspielen . . .“ Der Kammerdiener ent=
fernte sich, der Kurfürst schlürfte aus seiner Tasse und
rief: „Nun rasch, meine Herren, was gibt's? Ich
möchte die Jagd nicht versäumen — also für heute nur
das Dringendste!“

„Wenn nur das Dringendste zur Besprechung kom=

men soll," begann der Hofkammer = Präsident Freiherr von Berchem, ein Mann, in deſſen ſcharf geſchnittenem Geſicht Verſtand und Klugheit neben den Spuren eines wild genoſſenen Lebens ſich ausprägten; „dann muß ich vor Allen das Wort ergreifen . . . "

„Immer das alte Lied!" rief der Kurfürſt und eine Wolke legte ſich über das wohlwollende Antlitz. „Iſt wieder einmal der Boden ſichtbar in den Kaſſen? Wie iſt das aber möglich, Berchem? Nach Deiner Berech= nung ſollte der Bieraufſchlag allen Ausfall mehr als hinreichend decken?"

„Das wäre auch der Fall, Durchlaucht!" erwiderte Berchem, „wenn der Aufſchlag nur gehörig einginge. Allein die Erhebung durch die kurfürſtlichen Beamten ſtößt überall auf zähe Renitenz; die Landſchaft beſteht darauf, daß die Perception wie bisher durch ſie geſchehe — die adeligen und geiſtlichen Stände haben ein Pro= memoria eingereicht, das ich Durchlaucht vorlegen werde."

„Was will das Promemoria?" fragte Max, deſſen Stirn ſich immer mehr verfinſterte.

„Durchlaucht daran erinnern und beweiſen, daß Adel und Geiſtliche durch eine Reihe von Privilegien von jeder Belaſtung, außer der ſelbſtbewilligten Standſteuer, befreit

feien, daß fie alfo mit Fug nicht angehalten werden
können, den Bierpfennig zu bezahlen . . . "

„Sie follen fchweigen und gehorchen!" rief Max
gebieterifch. „Sie wiffen, in welchem Zuftand der Ueber-
fchuldung wir das Land von unferm kaiferlichen Herrn
Vater übernommen haben. Sie wiffen, wie fehr es uns
am Herzen liegt, Ordnung und Gleichgewicht in die
Finanzen zu bringen — und bei jedem Schritte, den ich
vorwärts gethan, haben Sie mir ihre fiebenundfiebzig
Freiheitsbriefe als Hinderniffe in den Weg geworfen!
Ihr feid alle Adelige, meine Herren, fagt Euren Stan-
desgenoffen: ich, der erfte Edelmann des Landes laffe
ihnen zu wiffen machen, daß ich nicht blos der Landes-
herr für Adel und Geiftlichkeit bin, fondern für mein
ganzes Volk! Daß ihre Freiheiten fich mit dem Wohl
des ganzen Landes nicht vertragen — daß fie fich fchämen
follten, fich immer darauf zu berufen, und alle Laften
dem gemeinen armen Mann aufzuhalfen! — Das ift
mein Befcheid, Berchem! fchreib' es der Landfchaft —
in Baiern trinkt Alles Bier ohne Rangunterfchied —
alfo foll Alles, ohne Rangunterfchied, auch den Bierpfennig zahlen!"

. Der Kammerpräfident verbeugte fich und fuhr fort:

„Zu Befehl, Durchlaucht! Doch werden ernste Maß=
regeln nöthig sein . . . es sind bereits Widersetzlichkeiten
vorgefallen. Graf Maxlrain hat den kurfürstlichen Ein=
nehmer aus seiner Hofmark gejagt und eigenhändig mit
Stockstreichen traktirt . . . "

„Das hat er sich unterstanden?" zürnte Max und
sein sanftes Auge sprühte. „Das wagt man uns zu
bieten? Nun gut — wir wollen diese Unbändigkeit
brechen! . . . Kreittmayer — Du schreibst augenblicklich
an den Maxlrain . . . er soll dem Einnehmer für jeden
Streich tausend Gulden bezahlen und der Einnehmer soll
genau zählen und auch einen halben für einen ganzen
rechnen. Schreib' ihm das — und wenn er in acht
Tagen nicht gezahlt hat, laß ich dem Herrn Grafen den
Prozeß machen!"

Die Geheimräthe schwiegen; der Kurfürst schritt
zürnend in dem Gemache auf und ab. „Deine Vor=
schläge, Berchem!" rief er dann. „Wie willst Du Geld
schaffen für den Augenblick?"

„Wir bedürfen keine kleine Summe," entgegnete
dieser, „es ist unglaublich was dieser Reichskrieg in
Schlesien an Geld und Mannschaft kostet! Vielleicht
könnte man mit Holland einen neuen Subsidienvertrag

schließen . . . der Gesandte wäre bereit, eine starke An=
zahlung zu machen . . . "

„Meine Landeskinder verkaufen?" rief Max un=
willig. „Niemals . . . Ihr habt mich einmal dazu be=
redet . . . mein Herz blutet noch davon . . . niemals wieder!"

„Dann müssen wir einen neuen Aufschlag erheben
— etwa auf das Salz . . . "

„Nein, Durchlaucht!" unterbrach der Oberstall=
meister Graf Seinsheim, „das geht nicht! Die Reichen
würden zwar den Aufschlag kaum spüren, aber den ge=
meinen Mann würde es hart treffen, wenn ihm zu dem
spärlichen Brode, das er genießt, auch das Salz ver=
kümmert werden sollte! Das Land hat sich noch lange
nicht erholt, viele Höfe sind gar nicht bemaiert — der
Bauer kanns nicht erschwingen, wenn Malz, Salz und
Schmalz besteuert werden soll!"

„Dann schlage ich vor," entgegnete der unerschöpf=
liche Geldkünstler, „von jedem Bauer, der Getreide zur
Schranne bringt, zwölf Kreuzer vom Scheffel zu erheben.
Das ist eine Kleinigkeit, die er nicht spürt, wenn er doch
eben Geld eingenommen hat . . . "

„Wäre es nicht besser," sagte Seinsheim höhnisch,
„wenn man den Bauern gleich befehlen würde, das Ge=

treibe, statt auf die Schranne in die kurfürstliche Residenz zu fahren?"

„Nichts solches mehr, Berchem!" rief der Kurfürst. „Soll ich an meinem eigenen Volk Räuberhandwerk trei= ben? — Ich sehe wohl," fuhr er schmerzlich fort, „es wird nichts Andres übrig bleiben, als auf den Entschluß zurückzukommen, den ich gleich Anfangs auszuführen ge= sonnen war! Ich will es machen, wie mein Ahnherr Herzog Heinrich von Landshut — ich will fort, in fremde Dienste . . . dann ist dem Lande doch wenigstens mein Hofhalt erspart!"

„Durchlaucht!" riefen die Räthe durcheinander, spran= gen von den Sitzen auf und drängten sich um den Kur= fürsten. Der Kanzler Kreittmaier stand ihm zunächst und bot ihm die Hand. „Kein solches Wort mehr!" sagte er. „Ich bitt' gar schön — mit der Hilf' Gottes und dem besten Willen, wie Durchlaucht ihn haben, läßt sich Alles durchsetzen in Baiern!"

Lächelnd schüttelte ihm der Kurfürst die Hand, der Kammerpräsident aber rief ärgerlich: „Ja, wenn es auf dem Papier, mit dem Gesetzmachen abgethan wäre, dann wäre der Kanzler der rechte Mann — aber mit seinen papiernen Gesetzen kann ich nicht zahlen!"

„Sei ruhig, Berchem," sagte der Fürst, „ich glaube
ja gern, daß Du es auch gut meinst . . . Laffen wir's
abgethan sein für heute! Denke Dir was Befferes aus
und bis dahin müffen in Gottes Namen die Gebrüder
Stocker wieder Mittel machen . . .

Graf Berchem zuckte unmuthig die Achseln und
nahm seine Papiere zusammen, während Kreittmaier mit
andern Schriften sich dem Kurfürsten näherte. „Was
haft Du noch?" rief ihm diefer entgegen. „Doch kein
Todesurtheil? Schon wieder! Und fünf auf einmal . . .
Bleib mir weg damit, Kreittmaier! Ich mag mir den
Tag und die Jagd nicht verderben — es macht mich
immer traurig, bis ins tieffte Herz hinein traurig, wenn
ich ein solches Unglücksblatt unterschreiben muß . . ."

„Es ist eine harte Nothwendigkeit," entgegnete der
Kanzler ernst, „aber das verwilderte Volk ist einmal nur
durch blutige Strenge zu bändigen . . ."

„Das sagst Du mir immer!" sagte Maximilian und
sah dem unerbittlichen Richter mit dem vollen Ausdruck
seiner milden Augen in das unbewegte Antlitz. „Aber
ist es auch gewiß wahr? Es regt sich etwas in mir,
was mich gemahnt, als wären wir zu weit gegangen . . .
Geh' mit Deinen Urtheilen und bring' sie mir so bald

nicht wieber vor die Augen . . . Wie würde es mich
freuen, wenn Du einmal kämst und sagtest mir einen
Weg, wie ich es machen soll, daß mein armes Volk nicht
mehr so verwildert wäre . . ."

Er winkte den Ministern freundlichen kurzen Ab=
schied zu und schellte dem Kammerdiener, als die Thüre
des Seitengemachs sich öffnete und Pater Stabler mit
tiefen Reverenzen eintrat. „Sie hier, Hochwürden?" rief
Maximilian. „Was haben Sie Dringendes auf dem
Herzen, daß Sie uns noch so zwischen Thüre und Schwelle
aufhalten?"

„Nur eine Frage, Durchlaucht," erwiderte Stabler.
„Was sie betrifft, brauche ich kaum zu sagen:
Durchlaucht wissen, was für mich das Dringendste ist.
Durchlaucht haben zugesagt, die Angelegenheiten wegen
des Freiherrn von Ickstatt einer genauen Prüfung zu
unterwerfen . . ."

„Das habe ich auch gethan — und kann Sie voll=
ständig darüber beruhigen. Sie sollten den guten Ickstatt
doch besser kennen, noch von der Zeit her, als Sie Beide
meine Lehrer waren — Sie sollten wissen, welch' ein
Mann er ist . . . und wenn er in seinen jungen Jahren
auf einen Irrweg gerathen wäre, so ist er längst davon

abgegangen. Würde es dem Schüler wohl geziemen den Lehrer darüber, was er in der Jugend gethan, zur Rechenschaft zu ziehen? Sie sollen seine Rechtfertigung lesen und sich überzeugen . . ."

„Seine Rechtfertigung?" sagte Stadler betroffen. „Durchlaucht haben doch nicht . . ."

„Was nicht? Ich habe den Kläger gehört, also mußt' ich doch auch den Verklagten hören und ihm das Klaglibell mittheilen."

„Der Freiherr von Ickstatt hat also meine Be= schwerde gelesen?"

„Gelesen und beantwortet . . . Sie brauchen sich deshalb nicht zu scheuen: ich bin Ihnen doppelten Dank schuldig — einmal, weil ich Ihren treuen Eifer erkannt und auch meine gute Meinung von Ickstatt bestätigt ge= funden habe . . ."

„Ich bin glücklich," sagte der Pater mit süßlicher Miene, „wenn Durchlaucht meinem Eifer Gerechtigkeit widerfahren lassen — möge diese gute Meinung niemals enttäuscht werden . . ."

„Und mögen Sie einmal aufhören, einen Mann zu hassen und zu verfolgen, der es nicht verdient!"

„So glauben Durchlaucht, meine Bemühungen gel=

ten dem Manne? Sie sollten mich nicht so kleiner Ge=
sinnung zeihen . . . ich kämpfe gegen seine Prinzipia,
welche schon die ganze Universität Ingolstadt mit dem
ketzerischen Gift der Freigeisterei angesteckt haben und
bald das Seelenheil des ganzen Landes bedrohen wer=
den . . ."

„Sie übertreiben wieder einmal, Hochwürdigster!
Ickstatt hat erlaubt, daß auch nach protestantischen Lehr=
büchern gelehrt werden dürfe . . . was ist dabei Beson=
dres, wenn diese Bücher die bessern sind? Und daß es
mit der Religion noch keine Gefahr hat, sehe ich alle
Tage — wohin ich komme, sind die Kirchen zum Er=
drücken voll!"

„Ja, Gott sei Dank," erwiderte der Pater, „ins
Volk ist die Pest noch nicht gedrungen; aber in Allem,
was höher steht, wüthet sie desto gefährlicher . . .
Beamte, Offiziere, Adelige, fast Alle sind davon in=
fizirt . . ."

Der Kurfürst besann sich einen Augenblick; dann
sagte er ernsthaft: „Ich liebe es nicht, wenn man aus
jedem freien Gedanken oder Wort gleich ein Verbrechen
schmiedet!"

„Wollte Gott, es bliebe bei Worten und Gedanken!

Nein, Durchlaucht, diese verwegene Partei schreckt auch vor der That nicht zurück. Seit einigen Monaten besteht in tiefster Verborgenheit eine geheimnißvolle Verbindung, die es sich zur Aufgabe gemacht hat, die verderblichen Grundsätze der Neuerer und sogenannten Aufklärer im Volke zu verbreiten ... hier, Durchlaucht, ist der Beweis der Anklage — das Verzeichniß der Mitglieder des verbrecherischen Bundes!"

Maximilian hatte überrascht zugehört; jetzt nahm er die Liste und überlas sie halblaut: „Freiherr Johann Adam von Ickstatt, Universitäts-Direktor in Ingolstadt — Franz Freiherr von Praiblohn, Kanzler — Münz- und Bergwerks-Präsident Graf Sigmund von Haimhausen — Oberbergrath Georg von Lori — Hofrath Dominikus von Limbrunn — Ministerialsecretair von Lipowski — Obergerichtsadvokat Bergmann — Landgerichtsphysikus Doctor Rauch zu Wiesensteig ...."

Der Kurfürst unterbrach sich, heftete einen durchbringenden Blick auf den Pater und warf die Liste in die rasch auflobernde Gluth des Kaminfeuers.

„Durchlaucht!" rief Stabler erschrocken.

„Die Namen auf dieser Liste," sagte Maximilian mit Festigkeit, „sind jene der besten Männer und Köpfe

meines Landes ... wer bliebe mir denn, wenn ich sie
preisgeben wollte? Auch glaube ich — offen gesagt —
die ganze Beschuldigung nicht! Alle diese sind wackere
Männer, meine treuen Diener und aufrichtige Patrio=
ten — sie können keine so schlechten Christen sein ...
Nichts wieder davon, Hochwürden — und jetzt fort auf
die Jagd! Man hat mir den Kopf tüchtig warm gemacht
heute — ich sehne mich ordentlich nach Frische und Kühle
in Wald und See!" — —

Bald war der parkartig geordnete und gepflegte
Tannengrund erreicht, welcher das Schloß Fürstenried
auf kleiner Waldblöße 'umschloß. Das einsame Revier
tönte schon von fern von den Klängen der großen Wald=
hörner, welche hie und da muntere Fanfaren bliesen,
von Pferdegewieher, Hundegebell und Menschenstimmen
begleitet; schon von fern schimmerte und leuchtete die
Farbenpracht der Gewänder, Decken, Schleier und Fe=
dern durch die Tannenzweige. Alles wartete längst auf
die Ankunft des ungewöhnlich zaubernden Fürsten. Als
er unter dem Zuruf der Jagdgesellschaft und dem Gruße
der Hörner erschien, eilte er mit behendem Schritt die
kleine Freitreppe hinan, gefolgt von dem dienstthuenden
Kammerherrn, welcher geziemend meldete, daß auch Frau

Herzogin Maria Anna breits angekommen sei und in
den Gemächern der durchlauchtigsten Frau Kurfürstin ihn
erwarte.

Am Treppenrande kamen ihm die beiden Frauen
entgegen. Sophie, die Kurfürstin, die prachtliebende
Tochter des Königs August von Sachsen=Polen war
nicht groß, aber fein gebaut und von angenehmer Fülle:
sie war keine durch Schönheit blendende Erscheinung,
aber das Auge des Beschauers wurde durch Anmuth
und Liebenswürdigkeit gefesselt. Ein Zug von Trauer
um die wie von Thränen angehauchten Augen machte
den stillen Reiz ihrer Züge noch gewinnender. Ein
ähnlicher Zug, aber tiefer und ernster, lag auf dem blas=
sen Angesicht der Herzogin Maria Anna von Sulzbach;
aber was dort wie ein leicht schauerndes Wölkchen am
sonst klaren Himmel hing, war hier zum düsteren Gewölk
geworden, das bleibend auf der edlen marmorbleichen Stirn
und auf den dunklen sehnsüchtigen Augen lastete, welche
darunter glühten. Die Züge waren von hoher regel=
mäßiger Schönheit, aber dieser Ausdruck der Schwer=
muth breitete sich wie ein Flor über die hohe Gestalt
und ließ sie den schlanken Hals nach vorn niederbeugen,
wie ermüdet von einer unsichtbaren Last.

Maximilian trat auf die Kurfürstin zu, küßte sie
auf die Stirn und rief in fröhlicher Laune: „Guten
Morgen, Euer Liebden . . . Sie seh'n, ich komme in
voller Jagdrüstung, um Sie aus dem Einsiedlerleben
heraus zu scheuchen, dem Sie sich ergeben! — Guten
Morgen, Frau Base . . . schon waidgerecht, wie ich
sehe?"

Die Herzogin verneigte sich, während die Kurfürstin
mit mühsamem Lächeln erwiderte: „Die einsame Wald=
stille des Schlosses gefällt mir — ich danke Euer
Liebden herzlich für das Geschenk, das Sie mir damit
gemacht!"

„Ich bin entzückt, wenn es Ihnen Freude macht,
Sophie, aber Sie wissen, daß Fürstenried einmal Ihr
Wittibsitz sein soll . . . ich möchte nicht, daß Sie schon
so zeitig sich hier eingewöhnen . . ."

O, mein Gemahl!" rief die Kurfürstin und eine
Thräne trat ihr ins Auge.

„Aber was ist das?" entgegnete Maximilian rasch.
„Sie sehen blaß und leidend aus, und über der Freude,
Sie wieder zu begrüßen, bemerke ich jetzt erst, daß Sie
nicht im Jagdanzuge sind . . ."

„Beunruhigen sich Euer Liebden nicht . . . es ist

nicht von Bedeutung — ein wenig Kopfleiden, aber doch immer genug, daß ich auf das Jagdvergnügen verzichten muß . . ."

„Wie, Sophie? — Das wäre das erstemal, daß Sie meine Jagdlust nicht theilen und mir dieselbe verderben würden!"

„O nicht doch," entgegnete die Kurfürstin mit eigen= thümlicher Betonung, während ein Blick nach der Her= zogin hinüberstreifte. „Sie werden uns nicht vermissen in der Begleitung der Frau Herzogin!"

Dieser war Beides nicht entgangen und der Mar= mor ihres Angesichts röthete sich. „Ich bitte, darauf nicht zu zählen, Frau Schwester!" rief sie rasch. „Meine Begleitung ist nicht minder ungewiß . . ."

„Wie?" fragte Maximilian überrascht, „Sie sind doch nicht auch plötzlich unwohl geworden?"

„Das eben nicht," war die Antwort, „aber ich bin schlecht gelaunt. Herzog Clement, mein Herr und Ge= mahl ist heute wieder kränker, als seit langer Zeit! Er bestand darauf, daß ich mich nicht abhalten lassen solle — ich dachte auch, meine Verstimmung zerstreuen zu können . . . da aber Ihro Durchlaucht die Frau Kur= fürstin sich nicht wohl befinden, ist auch mir die Lust ver=

gangen. Ich will bei ihr bleiben und ihr Gesellschaft leisten..."

„Das kann ich nicht zugeben!" rief die Kurfürstin wie zuvor, „ich kann meinen Herrn Gemahl nicht um das Vergnügen Ihrer Unterhaltung bringen."

„Das ist schon halb dahin," sagte der Kurfürst, „wenn Euer Liebden sich ausschließen! Wäre es denn nicht möglich, daß Sie Theil nehmen?... Die frische Luft, die Bewegung würde Ihnen vielleicht gut thun..."

„Es ist unmöglich," sagte die Kurfürstin traurig, „mein Leiden bedarf der Ruhe — der Einsamkeit... ich muß mich daran gewöhnen, einsam zu sein..."

„Was für Gedanken, Euer Liebden!" rief Maximilian. „Ihr Zustand beunruhigt mich — Sie scheinen ernstlich krank: ich werde lieber die Jagd abbestellen..."

„O nicht doch! Kein Aufsehn, mein Gemahl!" erwiderte sie. „Das Uebel wird vorübergehn... Das ist ja der beste Trost, daß Alles vorübergeht..."

„So gestatten Sie mir," rief Herzogin Marianne, welche mit steigender Spannung zugehört hatte, „Ihre Einsamkeit zu theilen... es wird uns gegenseitig das Herz erleichtern, Frau Schwester..."

„Nein, nein — laſſen Sie ſich um meinetwillen von nichts abhalten!" erwiderte Sophie mit ungewiſſem Blick auf die Fragende.

„Ich habe ſchon lange eine vertraute Unterredung gewünſcht . . ."

„Ich muß bedauern . . . ein andermal! . . . Wenn ich wieder wohl ſein werde . . . "

Marianne war näher an ſie herangetreten, faßte die Hand der halb Widerſtrebenden und fragte mit recht innigem, herzlichem Ton: „Wenn ich Sie aber bitte, Frau Schweſter? Wie um eine Gnade darum bitte, bei Ihnen bleiben zu dürfen?"

Die Kurfürſtin ſchlug betroffen die Augen empor und die Blicke der Frauen begegneten ſich. „So bleiben Sie denn . . ." flüſterte ſie, während Maximilian in etwas unmuthiger Stimmung zugehört und durch das Fenſter auf den Jagdzug im Hofe hinabgeſehn hatte. „Schade!" rief er, „Der ſchönſte Theil meines Vergnügens geht mir verloren! Ich werde mich erſt darein finden müſſen und meinen Aerger an den Möven auslaſſen! — Werde ich auf dem Rückwege die Ehre haben, daß Eure Liebben mich in die Reſidenz begleiten . . ?"

„Ich weiß es noch nicht — bitte jedoch, sich durch keine Rücksicht auf mich stören zu lassen . . ." sagte die Kurfürstin, indem sie sich verneigte und nach ihren Gemächern zurückwandte. „So leben Sie wohl!" rief Maximilian. „Und Sie, schöne Base, haben mindestens den Tod von funfzig Möven auf dem Gewissen!"

„Die armen Thiere!" entgegnete die Herzogin halb= laut mit ceremoniöser Verbeugung, während die Kurfür= stin bereits an der Schwelle stand. „Ich will es aber gut machen und mich bemühen, einem viel kostbareren Leben die alte Heiterkeit wieder zu geben!"

Der Kurfürst murmelte etwas von Weiberlaunen zwischen den Zähnen und stieg unwirsch die Treppe hinab. Bald trabte der laute Zug dahin und in der schwülen Märzsonne des herannahenden Mittags war es eine angenehme Kühlung, als hinter Forstenried der weite dichte Parkwald die Cavalkade in seinen duftenden Tannenschatten aufnahm. Der Kurfürst machte seinem Unmuthe dadurch Luft, daß er seinem Pferde die Spo= ren gab und weit voraus flog. Bald kam der ganze Zug in Bewegung, und ein kühner zierlicher Wettritt begann. Die Gräfin Solms, auf einem prachtvollen Andalusier, überholte spielend alle Uebrigen; in wenig

Augenblicken hatte sie den Kurfürsten erreicht und parirte ihren Gaul, um dem Fürsten nicht vorzureiten, im vollsten Laufe hart neben ihm, mit eben so viel Anmuth als Sicherheit.

„Ah sieh da, Gräfin Solms!" rief Maximilian mit leichtem Griff an den Hut. „Sie bewähren sich als eine vortreffliche Reiterin!"

Es ist weniger mein Verdienst als das meines guten Thiers," antwortete das Fräulein. „Es folgt mir auf den Wink!" Dabei tätschelte sie das schnaubende Roß auf den Hals; es wandte sogleich den Kopf zurück, sah seine Reiterin mit klugen Augen an und schüttelte freudig die Mähne.

Der Blick des Kurfürsten hing an dem anmuthigen Bilde; die schöne Frau mit den von Luft und Ritt gerötheten Wangen, mit den tiefsinnig feurigen Augen, welche ihre magyarische Abkunft nicht verleugnen ließen, mit dem kecken Hütchen auf dem reichen in kunstloser Nachlässigkeit verschlungenen Haare war wohl im Stande, Augen und Herzen zu fesseln. „Es ist nicht zu verwundern," sagte der Kurfürst galant, „wenn das Thier Ihnen gehorcht — der Schönheit ist Alles unterthan!"

„Durchlaucht . . ." rief die Gräfin erröthend und

mit einem Gluthblick auf ben Fürsten, dessen schöne Männlichkeit ein passendes Gegenbild ihrer eigenen Erscheinung war.

„Es ist keine Schmeichelei! Sie sind wirklich schön, Gräfin . . . es macht mir immer Vergnügen, Ihnen zu begegnen. Mir ist, als ob das schöne Bild der Jagdgöttin, das Pierre Canbide in unserm Speisesaal gemalt hat, aus seinem Rahmen herabgestiegen und lebendig geworden wäre! . . . Beneidenswerther Mann, dem einmal dieses Herz sich öffnen wird . . . Ach nicht doch!" unterbrach er sich, indem er das noch tiefere Errröthen der Gräfin bemerkte. „Ich thue Unrecht, von etwas Künftigem zu sprechen: ich muß sagen — geöffnet hat! — Sie haben bereits die Wahl Ihres Herzens getroffen, schöne Gräfin?"

Sie flüsterte mit scheuen Augen ein kaum hörbares Ja.

„Und kenne ich dieses glückliche Menschenkind? — Mich dünkt, er ist auserlesen vor Vielen — Sie haben Geist und Leben, Gräfin, und scheinen doch weich und sanft zu sein . . . Sie werden Ihrem Auserwählten keine frohe Stunde durch Launen verberben . . ."

„Sein Wille wird der meine sein . . ."

„Die gewöhnliche Redensart aller Frauen!" sagte
der Kurfürst mit halb unwilligem Lachen. „Ist die erste
Glühhitze verflogen, erkalten auch diese Vorsätze — aber
lassen Sie sich rathen, Gräfin, und halten Sie Wort!
Hören Sie — keine Launen! Im Namen Ihres Erkor=
nen bitt' ich darum!"

„Ich gelob' es Euer Durchlaucht . . ."

„Ein inhaltschweres Gelöbniß! Um so mehr bin ich
begierig, diesen Ueberglücklichen zu sehen. Kenne ich ihn
vielleicht? Ist er an meinem Hofe? Vielleicht gar unter
unsrer Jagdgesellschaft?"

„— Ja. —"

„O, dann müssen Sie mir ihn zeigen! Natür=
lich nur im Geheimen — ich werde es Niemand ver=
rathen... Wollen Sie das? Vielleicht Abends nach der Tafel?"

Das Pferd der Gräfin fing mit einmal zu cour=
bettiren an; sie konnte nur noch nicken und war im
Augenblick von der Seite des Kurfürsten.

In sinnendem Brüten ritt sie dahin und bemerkte
erst aus dem Tone der schmächtigen Stimme, daß Baron
Widemann auf seinem sichern Thier an sie herangetrabt
war. „Nun, Gräfin," sagte er leise, „wie stehen unsre
Angelegenheiten?"

„Ich verstehe Sie nicht," erwiderte die Gräfin, unwillig abgewendet.

„Sie scherzen und wollen ohne Zweifel zeigen, wie
bezaubernd Sie sind, auch wenn Sie necken wollen . . .
Wie fanden Sie den Kurfürsten für unsere Absichten ge-
stimmt?"

„Schweigen Sie," rief die Gräfin unwillig, „ich
weiß nichts von diesen Absichten, will nichts mehr davon
wissen!"

„Unglaublich," sagte Widemann scharf. „Sie
wissen, welchen Preis Sie dadurch in die Schanze schlagen würden. Also ernsthaft . . . Sie haben eine lange
und vertraute Unterredung mit Seiner Durchlaucht gehabt? Fanden Sie vielleicht bereits Gelegenheit, für die
bewußten Interessen zu wirken?"

Eine unwillige Röthe überflog das Gesicht der
Gräfin. „Nein," sagte sie und gab ihrem Pferde die
Sporen. „Seine Durchlaucht erzählten mir nur, daß
Ihr Klepper auf beiden Vorderfüßen lahm sei . . . Un-
erträglich!" murmelte sie im Dahinsprengen, „aber ich
werde diese Bande zu brechen wissen!"

Die achtlosen Sprünge des Pferdes brachten sie zu
einer Gruppe von jüngern Cavalieren, den Alters-

genoſſen und Lieblingen des Kurfürſten. Es waren der etwas derbe aber wohl unterrichtete Graf Seeau, der witzige Salern, der galante Beaujeu und Graf Wiebt, der Mann des rücksichtsloſen Genuſſes. „Schöne Com=teſſe," rief Salern, „Sie ſind heute bezaubernd! Vrai-ment! Eine vollkommene Diana ... ich möchte Endy=mion ſein!"

„Das würde Ihnen nichts nützen, Herr Graf!" er=widerte ſie mit ſpöttiſchem Lachen.

„Und warum nicht?"

„Weil ſich Diana nie um dieſen Endymion kümmern, ſondern ihn ruhig ſchnarchen laſſen würde!"

Sie flog hinweg. „Vortrefflich! Superbe! Wun=derbar!" lachten die Cavaliere durcheinander. „Der Korb war unverblümt!" fuhr Beaujeu zu Salern ge=wendet, fort. „Du wirſt mit Deinen Galanterien und Bewerbungen Geduld haben müſſen ... Neben der Er=oberung, welche die Solms heute gemacht oder vollendet hat, mußt Du zurückſtehn, bis die Reihe an Dich kommt!"

Läſtermaul!" entgegnete Salern. „Du und die Solms, Ihr täuſcht Euch Beide mit der Eroberung! Ein Gewiſſer iſt allzu geſetzt und ernſthaft, um ſo leicht Feuer zu fangen!"

„Poſſen! Trotz aller Ernſthaftigkeit hat der Ge=
wiſſe doch ſehr warmes Blut in den Adern! Warum
ſollen die eifrigen Beſuche in der Herzogenburg nicht auch
einmal eine Abwechslung erfahren!"

„Gleichviel," entgegnete Salern, „hältſt Du mich
für fähig, den zweiten Platz einzunehmen? Niemals!"

„Man hat Beiſpiele an dieſem Hofe wie überall!"
witzelte der ſpottluſtige Franzoſe. „Sieh jenen dicken
Herrn an, der den grünenden Tannenbaum im Wappen
führt! Siehſt Du ihm irgend einen Makel an . . .?
Und doch iſt er der Gemahl des weiland ſchönen Fräu=
leins von Ingelheim, weiland der Geliebten des kaiſer=
lichen Karl Albrecht!"

Salern ſchüttelte den Kopf. „Meinetwegen!" ſagte
er, „vor mir hat die wirkliche Favorite Ruhe, wie die
abgedankte!"

Bald ging der Wald zu Ende und der Hügelabhang
war erreicht, von welchem man zuerſt die lieblichen Ufer
des Würmſees überſchaut. Rechts hoben ſich die ſtatt=
lichen Thürme und Giebel des Starnberger Schloſſes
über dem kleinen Fiſcherdörfchen empor; vor demſelben
dehnte ſich das grünſchimmernde mächtige Waſſerbecken
von ſanft anſteigenden Waldhügeln umrahmt und in

duftiger Ferne von der mächtigen Bergkette der Voralpen abgeschlossen, aus welchen der breite waldreiche Heimgarten, der felsige Herzogenstand und die schroffe Benediktenwand das noch leicht beschneite Haupt emporstreckten. Am Ufer, auf den mittagglänzenden Wellen des Sees wiegten sich hunderte von Schiffen aller Art, vom einfachen Schiffer= nachen, aus einem gehöhlten Baume gezimmert, bis zum hochborbigen Kahn, zum flachen Lastschiff und zur schma= len zierlich gedeckten Venetianer=Gondel. In Mitte der ansehnlichen Flotte, welche bestimmt war, den ganzen Jagdzug aufzunehmen, ruhte wie ein kleines Seeunge= heuer das Hauptfahrzeug, der Bucentoro, dem großen Staatsschiff des Dogen von Venedig nachgebildet und an Pracht es noch überbietend. Am Bord begrüßten den Eintretenden zwei riesige vergoldete Löwen, eine pracht= voll verzierte Laterne tragend. Hinter ihnen sprang eine mächtige Fontaine, durch das Wasser des Sees immer= fort genährt, baumhoch empor. Die Mitte des Schiffes bestand aus einem großen prachtvollen Saale, reich mit Gemälden und Spiegeln verziert und von einer balkon= artigen Gallerie mit vergoldeten Säulen umgeben. Am Ende des Saales plätscherte ein zweiter Springbrunnen und den Schluß bildete die riesenhafte goldene Statue

Neptuns, mit der einen Hand den Dreizack schwingend,
mit der andern das Tauwerk der beiden Mastbäume zu=
sammenfassend, welche aus dem Saale und dem obern
Verdeck emporsteigend, die weiß und blauen Flaggen
und Wimpel weithin flattern ließen. Zu jeder Seite
des Schiffes ragten fünfundsiebzig vergoldete und mit
Kränzen bemalte Ruder in die Fluth, von unsichtbaren
Ruderern bewegt, so daß der Lauf des Schiffes ein
eigener und natürlicher zu sein schien.

Auf dem Schlosse war ein kurzes Jägermahl einge=
nommen worden; Pferde und Wagen blieben dort zurück
und der ganze Hofstaat bewegte sich an das Seegestade
herab, als es eben Abend zu werden begann: das war
die rechte Zeit zur Mövenjagd, denn die Vögel, welche
tagüber im Geröhricht des Sees verborgen gelegen, be=
gannen bereits empor zu streichen und nach Tausenden
über der Fluth zu schweben, zu kreischen und auf ihre
Beute herabzustoßen.

Der Kurfürst war eben im Begriff, die Schiffbrücke
zu betreten, als sich durch das ringsum in dichten Schaaren
stehende Landvolk eine Bäuerin drängte und, ehe Jemand
sie abzuhalten vermochte, sich dem Gebieter in den Weg
und vor die Füße warf. „Was willst Du, Alte?"

H. Schmid, Im Morgenroth. I.

9

fragte er. „Geh' mir aus dem Weg, ich hab's eilig!"

„Aber gewiß nicht so eilig, wie ich!" sagte die Frau und hielt eine Bittschrift empor. „Helf' mir, lieber guter Herr Kurfürst . . . es geht mir gar so übel!"

Max nahm die Supplik und reichte sie dem nächststehenden Cavalier: „Da nimm, Heimhausen . . . ich werde mir berichten lassen, gute Frau, und helfen, wenn ich kann . . ."

„O weh!" rief die Bäuerin, indem sie aufstand und sich in den Haaren kratzte, „da schauts schlecht aus mit meiner Sach' . . . "

„Wie so? Warum?" fragte lächelnd der Kurfürst.

„Mein'!" sagte die Alte treuherzig. „Das weiß man eh' — Was unser guter Max nit selber liest, das ist schon verloren!"

„Ei!" rief der Kurfürst, nach seiner Begleitung umblickend. „Meine Räthe genießen ja ganz besonderes Vertrauen bei meinen Landeskindern! Nun — lesen kann ich Deine Schrift jetzt nicht, meine Gute: also sage mir, was drinnen steht. Was willst Du denn von mir?"

„Meinen Mann, lieber guter Herr Kurfürst!" rief die Alte weinend, indem sie wieder auf die Kniee fiel.

„Der Pfleger hat ihn mir weggenommen und einsperren lassen als Wildbieb! Ich kann nit leben ohne meinen Mann, der's Brod verdienen muß — ich hab' sechs lebendige Kinder ..."

„Aber gute Frau, was kann ich babei thun ... Er sollte eben das Gesetz bedenken und kein Wild stehlen!"

„Ach Gott, ach Gott," heulte die Frau, „er hat's ja auch gar nicht gestohlen — er hat's gefunden!"

Die Hofleute lachten. „Nun so laß hören, wie er bas angestellt hat," sagte der Churfürst launig.

Du mußt wissen," begann die Bäurin, „unser Häusl liegt hart am See — man könnt's sehen von ba aus, wenn der Walbspitz nicht vor wär' ... bas Rohr geht uns fast bis an die Hausthür' heran ... Da ist mein Mann im Auswärts einmal hinaus, weil sich was gerührt hat in dem Rohr und ba ist's ein Hirsch gewesen, ben ein Jäger hat angeschossen gehabt und der ist gerab' am Verenben gewesen. Ach Gott, Herr Kurfürst ... es ist so viel hart, bis man so viel hungrige Mäuler stopfen kann ... und weil kein Mensch nach bem Hirschen ge= fragt hat, haben wir ihn behalten und gegessen ...

„Den ganzen Hirsch? Ihr müßt gewaltige Liebhaber von Wildpret sein ..."

9*

„Könnt's eben nit sagen," erwiberte die Bäurin jämmerlich . . . „sechs Wochen lang hab' ich halt alle Tag' ein Stück heruntergeschnitten unb hab's uns ge= sotten . . ."

„Gesotten? Das Hirschfleisch?" rief der Kurfürst lachenb. „Da wünsch' ich nachträglich guten Appetit! — Steh auf, Alte; geh' zum Pfleger, ich lass' ihm sagen, er soll Dir Deinen Mann wieder geben unb ihm nichts weiter anhaben . . . sechs Wochen gesottenes Hirschfleisch essen, bas ist Strafe genug für einen gefunbenen Hirsch!"

Er ging unb bas Schiff stieß ab. Die Alte fanb nicht einmal mehr Zeit, ihm zu banken — sie streckte nur bie Arme nach bem ruhig bahingleitenben Fahr= zeug aus. „Ich bank' Dir schön, Du lieber guter Herr!" rief sie. „Unb meine sechs Kinder sollen Dir banken bei jebem Bröckel Brob, bas sie essen . . ." Sporn= streichs unb geraben Weges lief sie bann bem Pfleg= hause zu, umbrängt von ben freubig theilnehmenben Fischern unb Uferbauern; in bie Schüsse ber beginnen= ben Jagb mischte sich übertäubenb ber Zuruf bes Lanb= volks, bas hüteschwenkenb ben gütigen Lanbesvater leben ließ.

Die Flotte schwebte schon weit auf bem abenblich

glimmenden See dahin; von allen Seiten blitzten und
knallten die Gewehre aus Herren= und Damenhänden
in den schreienden Vogelschwarm. Maſſenweiſe ſtürzten
die Getroffenen herunter und wurden von den Hunden
und Fiſchern aus dem Waſſer geholt und in die Laſt=
ſchiffe gebracht. Dazwiſchen tönte Hundegeklaff, lauter
ſcherzender Zuruf und Lachen der Jäger und Jägerin=
nen und manchmal der Aufſchrei eines Erſchrockenen,
der in übergroßem Eifer ſich verſah und zu einem un=
freiwilligen kalten Bade gelangte. Vom Bucentoro her
ſchmetterten Trompeten und Hörner, klangen Clavecinen
und wirbelten Pauken in den allgemeinen Jubel.

Die einbrechende Dunkelheit unterbrach die Jagd;
Laternen, Windlichter und Fackeln entzündeten ſich
und die ganze Flotte ſchwamm wie ein Schwarm un=
ſicherer Irrlichter dem linken Seegeſtade zu, aus deſſen
Buchenwipfeln die erleuchteten Fenſter des Jagdſchloſſes
Berg zur Abendtafel gaſtlich herüberwinkten. Nach der=
ſelben ſollte eine glänzende Seebeleuchtung die Freuden
des Tages beſchließen und es währte nicht lange, ſo
gaben die Geſchütze des Bucentoro das Zeichen, daß die
Beleuchtung begann.

Alles drängte aus der alterthümlichen Halle, in

welcher getafelt worden war und fah von der Terraffe,
ober von Erker und Balkon dem prachtvollen Schauspiele
zu, wie balb das jenfeitige Geftabe mit Starnberg ober
dem Zinnenkranze von Poffenhofen im Scheine der ben=
galifchen Flamme aus der Dunkelheit auftauchte, balb
eine Garbe funkelnder Leuchtkugeln das ferne Gebirge
mit zauberhafter Helle übergoß, balb mitten aus dem
fchwarzen See ein feuriger Strahl emporftieg, wie aus
dem Rachen eines nächtlichen Ungethüms.

Der Kurfürft liebte es, bei folchen Anläffen allein
ober mit feiner Gemahlin durch die verfchlungenen Walb=
wege des Gartens zu gehn und wo fich etwa ein über=
rafchenber Ausfchnitt in Gebüfchen und Baumkronen
aufthat, das feurige Farbenfpiel zu genießen. Auch jetzt
näherte er fich einer Gruppe von Buchen, deren Stämme
fich wie Pfeiler einer kleinen Kapelle zufammendrängten,
und die Aefte brüberlich und untrennbar, wie die Rippen
eines luftigen Gewölbes, ineinander fchlangen; es war
einer feiner Lieblingsplätze, des kühlen Laubbunkels wegen,
das bort zu allen Zeiten herrfchte.

Als er näher trat, hufchte eine helle Geftalt von der
unter ben Stämmen befindlichen Ruhebank hinweg; ein
fchwerfeibenes Gewand raufchte und eine gebämpfte an=

muthige Stimme rief: „Verzeihung, Durchlaucht . . .
ich wußte nicht . . .“

„Sie sind es, Gräfin Solms?“ entgegnete der Kur=
fürst. „Bleiben Sie immerhin — ich bedaure, Sie in
ihren einsamen Gedanken gestört zu haben . . .“

„Störung ist willkommen, wenn die Gedanken so
traurig sind, wie die meinigen!“

„Sie sind traurig, schöne Solms?“ sagte der Kur=
fürst näher tretend. „Lassen Sie mich wissen, was Sie
bekümmert . . . vielleicht steht es in meiner Macht, Ihnen
zu helfen . . .“

„Ich bin beklommen . . . sorgenvoll, . . . über meine Zu=
kunft, Durchlaucht! . . . Der größte Theil meiner Be=
sitzungen liegt in Schlesien, in Ländern, die der Krieg
verwüstet . . . sie sind mir vielleicht vollständig und für
immer verloren, wenn jener verhaßte Friedrich von
Preußen Sieger bleibt . . .“

„Das sind allerdings schlimme Aussichten . . . Sie dürfen
sich auf lange Zeit des Wartens gefaßt machen, Gräfin . . .“

„O diese lange Zeit, wie leicht wäre sie abzukürzen!
Wie schnell könnte der Krieg beendigt sein, wenn Durch=
laucht Ihren unwiderstehlichen Einfluß bei den Reichs=
fürsten geltend machen . . . wenn Sie selbst entschiednere

Schritte thun wollten — wie würde ein verlassenes Mädchen Ihnen danken!"

„Sie verlangen etwas viel, mein Fräulein," erwiderte Max mit dem Tone der Befremdung. „Es ist nicht in meiner Art, derlei Dinge nach Privatrücksichten zu bestimmen — meine Pflicht als Reichsfürst kann mir allein maßgebend sein . . ."

„Aber diese Pflicht," flüsterte die Gräfin in ihrem gewinnendsten Tone, „wird sie gehindert oder beeinträchtigt, wenn Sie durch deren Beschleunigung auch das Glück eines einzelnen Menschen begründen können?"

Unvermerkt hatte sich die Bittende dem Fürsten genähert; die Schmeichellaute ihrer Stimme tönten ihm ganz nahe an's Ohr: ihr warmer Athem drang bis zu ihm — eine platzende Rakete zeigte ihm das verführerisch schöne Antlitz, von geisterhaften Reizen übergossen, hart neben ihm. „Gräfin," sagte er beklommen. „Sie mißbrauchen die Macht Ihrer Schönheit . . . lassen Sie mir Zeit zu überlegen, ehe ich verspreche . . . Erfüllen Sie zuerst das mir gemachte Gelöbniß . . ."

„Welches?" fragte sie heiß und verwirrt.

„Zeigen Sie mir den glücklichen Mann, den Sie sich erkoren haben . . ."

„. . . Durchlaucht, ich wage es nicht . . .“ sagte sie
noch verwirrter. „Ihr Zorn . . .“

„Wie könnt’ ich Ihnen deßhalb zürnen! — Wer ist
es? Wo ist der Glückliche?“ Er hatte seine Hand aus=
gestreckt und war der ihren begegnet, die sich nicht
zurückzog.

„Er ist hier . . .“

„Hier?“

„Hier — meine Hand bebt in der seinigen . . .“

„Gräfin!“ rief Maximilian überrascht und machte
eine Bewegung des Zurücktretens.

„O, ich hab’ es gewußt,“ rief sie unter wilden Thrä=
nen, „ich habe es vorher gesagt, Sie werden der Wahn=
sinnigen zürnen! — Jetzt kennen Sie mein Geheimniß
— jetzt verstoßen — jetzt bestrafen Sie mich!“

Ohne daß Beide wußten, wie es geschah, lag sie laut
schluchzend an seiner Brust, hielt er sie mit den Armen
umschlungen . . . „Was machen Sie, schöne Schwärme=
rin!“ flüsterte er erregt und weich.

„O, wenn Sie mild sein könnten!“ flehte sie zärtlich,
„wenn die sanfte Glut dieser Augen sich zu mir nieder=
senken könnte — es wäre Seligkeit . . .“

Der Kurfürst erwiderte nichts; fester umschlang sie

ihn und hingeriffen von der verlockenden Schönheit des Weibes beugte er sich hernieder und die verlangenden Lippen floffen in einem heißen Kuffe zusammen. In dem Augenblick des Vergeffens aber war Maximilian auch die Besonnenheit wieder gekehrt . . . „Kommen Sie, Gräfin — ich geleite Sie zum Hofe zurück," sagte er ruhig, indem er sie entschieden von sich drängte, „. . . entschuldigen Sie, daß meine Kühnheit sich vergaß . . ."

„Durchlaucht . . ." stammelte sie angstvoll, außer sich.

„Wir haben uns Beide einen Augenblick vergeffen . . . Sie haben mir ein thörichtes Mährchen erzählt — ich war der Thor, es zu glauben! Kommen Sie und erfüllen Sie bald Ihr Versprechen, mir den Mann zu zeigen, den Sie wählen. Meine Pflicht, meine Liebe gehört Baiern und meiner edlen trefflichen Gattin . . ."

Geräusch nahender Schritte ertönte; Fackelschein streifte durch das Gebüsch, die Gräfin war lautlos verschwunden.

Als Maximilian sich umwandte, trat ihm die Kurfürstin am Arme der Herzogin Marianne entgegen und bot ihm mit ihrem schönsten Lächeln die Hand. „Was seh' ich! Euer Liebden hier?" rief er. „Welche Ueberraschung!"

„Sie müssen darüber mit der Herzogin rechten, mein Ge=
mahl," erwiderte Sophie, „sie hat nicht geruht, bis sie
mich überredete, wenigstens noch am Schlusse Ihres
Festes Theil zu nehmen . . . Die Schmeichlerin be=
hauptete, ich würde Ihnen willkommen sein . . ."

„Das sind Sie auch, Sophie!" erwiderte der Kur=
fürst herzlich. „Noch in keinem Augenblick meines Le=
bens habe ich Sie so freudig willkommen geheißen, als
in diesem!"

„Ich glaube Ihnen das, weil ich es weiß!" sagte
Sophie, sich an die Brust des Gemahls schmiegend, in=
dem sie zugleich die Herzogin an der Hand faßte und
näher zog. „Auch ich bin von meinem Leiden befreit —
durch die Hand dieser Freundin!"

„Wie versteh' ich das?"

„Fragt nicht!" rief die Herzogin. „Umarmt Euch
und gebt Eurem Volke das Beispiel häuslichen Glücks . . .
Sie hat an Ihrer Liebe gezweifelt, Vetter . . . Die
Verläumdung hatte ihr zugeflüstert, als ob die Aufmerk=
samkeit, die Sie mir nicht versagen, meinen geringen
Reizen gelte . . . ich habe sie für immer davon geheilt!"

„Und kein Zweifel mehr zwischen uns?" fragte Max,
sich leicht zu Sophien herniederbeugend.

„Keiner," flüsterte sie, nur ihm verständlich . . .

„Keiner — denn ich habe Alles gehört, als ich kam . . ."

Der Hof näherte sich und Alles kehrte in den Burg=
saal zur Tafel zurück.

Die Herzogin ersah einen Augenblick, dem Kurfürsten
unbemerkt ein paar Worte zuzuflüstern. „Sie sind wacker
im Feuer gestanden, Herr Vetter," rief sie, mit dem
Finger drohend, „aber ich möchte doch rathen, sich ein
andermal dem Geschütz nicht allzusehr auszusetzen."

Die Gräfin Solms ward nicht mehr sichtbar; am
andern Morgen wurde der ganze Hof durch die Nach=
richt überrascht, sie habe, durch plötzliche Nachrichten von
ihren Gütern abgerufen, der bairischen Hauptstadt ihre
reizende Gegenwart entzogen, um nicht wieder zurückzu=
kehren.

IV.

Der erste Strahl.

Wiederum waren einige Wochen vergangen, da war auf dem Schrannenplaße zu München fast nirgends durch= zukommen vor Gebräng'; es war Sonnabend, der Tag, an welchem der große wöchentliche Getreidemarkt, die Schranne, stattfand, und der auch diesmal eine beträchtliche Anzahl von Käufern und Verkäufern zusammen geführt hatte. Das in Säcke gebundene Getreide war nach den Arten in eine Menge von größern und kleinern Vierecken zusammengestellt und in den schmalen Gassen dazwischen brängten und trieben sich Bauern und Städter durch= einander, bietend und handelnd, und übertönt vom Rufen der aufgestellten Kornmesser, welche die aufgehäuften Scheffel=Maße abzustreichen hatten und von dem Schel= ten der Brauer= und Mühlknechte, welche mit ihren schwerbespannten Wagen durch den Menschenknäuel sich

Bahn zu brechen suchten. Die Schenken am Platze und
unter den Bögen wimmelten von Gästen, aber am stärk-
sten war das Gedräng' gegen das Rathhaus hin und bei
dem in's Thal führenden Thorbogen. Dort stand Kopf
an Kopf gepreßt, bis hinein unter die zu beiden Seiten
hinlaufenden Laubengänge oder Bögen im Erdgeschoße
der Häuser; alle Fenster in den Stockwerken waren geöffnet und mit Neugierigen von jedem Alter, Stand und
Geschlecht besetzt, sogar die kleinen Verkaufsständchen,
welche an den Bogenpfeilern angebracht waren, hatten
Einzelne erstiegen, um von den Dächern aus das kommende Schauspiel besser als Alle übersehen zu können.
Eines der großen Fenster im Rathhaussaale stand ebenfalls offen und ein daraus niederhangendes scharlach-
rothes Tuch zeigte, daß etwas Besonderes erwartet
wurde.

Schräg über hatte eine Gesellschaft von Bürgern auf
den Stufen des Hauses Fuß gefaßt, an welchem der
heilige Onuphrius angemalt ist, im Volksmunde der
„große Christoph am Eiermarkt" genannt. Neben ihnen
auf die Stufen niedergekauert saß eine Oberländerbäurin
mit Mieder und grünem Spitzhut, aber der ganze Anzug
war verkommen, geflickt und ärmlich. Sie hatte ein

kränklich aussehendes etwa halbjähriges Kind im Schooße
und das magere abgehärmte Kummergesicht, das sie zu
dem schlummernden Kleinen niederbeugte, ließ erkennen,
daß ihr keine Lebensfreude mehr geblieben war, als der
künftige Erbe ihres Leibs. Die Umstehenden waren alle
zu sehr in's Gespräch vertieft oder auf das Kommende
gespannt; Niemand beachtete die Bäurin und ebenso
wenig einen schmutzigen und zerfetzten Knaben, der hinter
den Bürgern auf einem Mauervorsprung hockte und mit
nichts Anderem beschäftigt schien, als mit den Lumpen,
in denen er seinen kranken schwärenden Fuß einhüllte
und verband. Der Einzige, der manchmal einen Seiten=
blick herunter warf, war ein alter Kerl in kalkbespritzter
Maurerschürze, der sich auf ein kleines Dächelchen ober=
halb gepflanzt hatte und ganz behaglich aus dem Maß=
kruge schlürfte, den er sich aus der Schenke im Bogen
hatte hinauf reichen lassen.

„Nehm' der Herr Gevatter einstweilen eine Pris,"
sagte der eine Bürger, — es war Halmberger, der
Metzgermeister. „Das ist in München schon ein alter
Brauch, daß man sich das Warten nit verdrießen lassen
darf. Warum hat's der Herr Gevatter denn gar so
eilig?"

„Weils heut Morgens noch was Anderes zu sehen giebt,“ erwiderte der Angeredete, Maler Kumpfer. „Sie haben doch Ihr Haus am Anger, hart neben dem Kloster und wissen nit einmal, daß dort heut drei Klosterfrauen eingekleidet werden? Bei so was muß ich allemal dabei sein — das seh' ich noch lieber, als so eine Hinrichtung ... Das ist immer eine betrübte Sach'!“

„Werden doch nit etwa gar ein Mitleiden haben mit dem schlechten Gesindel!“ rief der Metzger, eifrig schnupfend und die Dose zwischen den Fingern herum drehend. „So eine Klosteraufnahm' ist alleweg auch was recht Erbauliches, aber eine Hinrichtung ist doch kräftiger! Da kann ich kein Mitleid haben! Noch strenger soll man mit dem Spitzbubenvolk sein, sag' ich alleweg, da= mit sie sich ein Beispiel nehmen!“

„Aber eine schöne Dosen haben der Gevatter,“ unter= brach ihn Kumpfer, „das muß wahr sein! Das ist ein ganz besonderes Bein oder Stein, aus dem sie ge= macht ist ...“

„Warum nit gar!“ lachte der Metzger. „Stein oder Bein! Wär' mir schon recht! Das ist das Gehörn' von einem wilden Thier, das es in Tirol brinn' gibt, auf den allerhöchsten Bergen — der Steinbock heißts. Die

ist noch von meinem Vater selig, der hat sie mitgebracht
aus Schwaz, wo er einmal in der Fremd' gewesen ist,
und hat sie schwer in Silber fassen lassen. Da schauens
nur her, das Silber allein wägt schier einen Vierling ..."

Während die Beiden und die Umstehenden das Pracht=
stück bewunderten, war ein Bauer durch den Bogen
herangekommen: eine große stattliche Gestalt, in ober=
ländischer grauer Jacke und dem Spitzhute auf dem
braunen Haar, das er nach damaliger Sitte gegen vorne
zu kurz geschoren trug, während es im Nacken bis an
den kragenlosen Rock reichte. Er beugte sich zu dem
Weibe herunter: auch ohne das hätten sein ärmlicher
Anzug und die gleiche Kummermiene errathen lassen,
daß das Paar zusammengehörte.

„Kommst endlich, Martel?" sagte sie, mit mattem
Lächeln zu ihm emporblickend. „Wie ist es gegangen?
Was bringst Guts mit?"

„Nit viel," erwiderte der Bauer betrübt, „das 'Treib
hab' ich wohl verkauft und hab' auch das Geld dafür,
da in meiner Gurten, aber —"

„Aber es langt nit?" rief die Bäurin ängstlich.
„Sag's nur heraus ... ich seh' Dir's am Gesicht an ...
Was fangen wir jetzt an, Martel? Was sagen wir

dem geſtrengen Herrn, wenn er wieder kommt, wegen
der Steuer und Gilt vom vorigen Jahr . . ."

„Der Gnä' Herr muß halt ein Einſehn haben . . .
hat uns doch der Schauer Alles verſchlagen und der
Zins von dem Kirchengeld iſt auch ſchon zwei Jahr' aus=
ſtändig, das der Vater hat aufnehmen müſſen, ſelbiges=
mal wie die Panduren das Gütl ab'brennt haben . . .
Er muß halt mit dem Reſt warten bis zum Herbſt!"

„Und wenn er nit will? Martel, wenn er hartherzig
iſt, wie alleweil . . . Nachher," fuhr ſie im tiefſten
Schmerze fort, als der Mann, ohne zu antworten, nur
mit zuckenden Lippen vor ſich niederſah, „nachher kommen
die Schergen wieder und nehmen uns noch das Letzte,
was wir haben und jagen uns von Haus und Hof, und
wir können betteln gehn oder Hungers ſterben mit unſeren
armen Kindern . . ."

„Von was iſt denn da die Rede?" ſagte eine un=
geſchlachte Stimme halblaut zu den Beiden, die es in
ihrer Betrübniß nicht bemerkt hatten, daß der Kerl im
Maurerſchurz ſie belauſcht hatte und dann von ſeinem
Dächl herabgerutſcht war. „Warum wollt Ihr gleich
verzweifeln und Hungers ſterben? Zu dem kommt's
immer früh genug . . . Wenn ſie Euch die Haut übern

Kopf abziehn wollen, so denkt, daß Ihr nit still halten
müßt ... lauft davon und sucht, ob Euer Brod nicht
anderswo wächst ..."

„Wohin wohl?" sagte der Bauer, indem er den
Tröster mißtrauisch betrachtete. „Für den Bauern ist
das Elend überall gleich!"

„Nein, sag' ich, Freund!" rief der Maurer wieder.
„In Spanien ist's nicht so! Da wird der Bauer nicht
geschunden, da weiß man, was man an ihm hat! Habt
Ihr noch nie was gehört von dem Generalissimus Thürriegel?"

„Ist das nit derselbe, wo's von der Kanzel verlesen
worden ist, daß man ihm nit trauen soll? Daß er uns
zum Auswandern beredt und in ein noch größeres Elend
hinein führen will?"

„Nichts als Lügen und Schwänke!" eiferte der
Maurer. „Der Thürriegel ist ein bairisches Landeskind
wie wir — aber er ist fort, weil er's bei uns nit weiter
hat bringen können, als bis zum Schreiber in Mitterfels!
Dann ist er zum König von Preußen gekommen und
zum König von Frankreich und jetzt ist er Generalissimus beim König von Spanien. Der hat ihm ein ganzes
Gebirg geschenkt, ein ganzes Land, fast so groß wie

Baiern — damit er's kultiviren soll und soll Leute
hineinbringen, die's herrichten und da hat der Thürriegel
zuerst an seine Landsleut' gedacht, und Jeder, der hin=
geht, bekommt Grund und Boden so viel er nur will;
das gehört sein und er darf keine Steuer zahlen und
keinen Zehent geben und keine Scharwerk thun, dreißig
Jahr' lang! Da müßt Ihr auch hingehn, Landsmann —
verkauft, was Ihr habt, so unter der Hand und wenn
die Schergen kommen, laßt ihnen das leere Nest. —
Folgt mir, guter Freund und geht zum Thürriegel nach
Spanien!"

„Ja — wenn's nur Alles wahr wär'," rief der
Bauer schwankend.

„Ich kann's Euch gedruckt zeigen!" antwortete
der Werber triumphirend, indem er ein sorgfältig zu=
sammengelegtes Plakat aus der Tasche zog. „Da steht's
Schwarz auf Weiß — les't nur selber!"

„Ich kann nit lesen," erwiderte der Bauer, indem er
mit lüsterner Neugierde auf die großen rothgedruckten
Buchstaben des Plakats blickte.

„Dann hört mir zu ... ich will's Euch vorlesen! —
„„Neu eröffneter Glückshafen oder reicher Schatzkasten,
welchen der spanische Monarch zum Trost und Nutzen

aller deutschen und niederländischen Bauern, Taglöhner
und Handwerker aufgeschlossen hat ..."" Aber," fuhr
er fort, indem er das Blatt wieder zusammen faltete,
„da geht's nicht gut mit dem Lesen von so etwas ...
Wißt Ihr was? Wenn's da vorbei ist, kommt hinüber
in's Wirthshaus zum ewigen Licht — da will ich Euch
Alles auseinandersetzen und sagen, wo Ihr hingehn
müßt ... Glaubt mir, es ist zu Eurem Glück — das
könnt Ihr schon daraus sehn, daß man es so streng
verbietet ... Natürlich, in die Tausende sind schon fort
und wenn die Andern wüßten, wie gut es die bekommen
haben, blieb kein einziger Bauer mehr im Land ..."

Das Läuten einer gellenden Glocke vom Rathhaus=
thurme unterbrach ihn und brachte neue Bewegung in
die fluthende und drängende Menschenmenge. „Sie
kommen, sie kommen!" ging es von Mund zu Mund
und der Maurer, der schnell wieder seinen Späherposten
erklettert hatte, rief laut: „Richtig, da sind sie schon.
Da kommt schon der Nachrichter aus dem alten Hof
heraus und in die Burggasse herein ..." Alles begann
die Köpfe zu strecken und ein gesteigertes unruhiges
Summen brauste weithin über den Platz; dann ver=
stummte es allmählig und ward zur lautlosen Stille,

als am Fenster des großen Rathhaussaales die Gerichts-
personen zur Verlesung der Urgicht und zur Stab-
brechung erschienen.

„Wer wird denn eigentlich gerichtet?“ raunte der
Maler dem Metzgermeister zu.

„Ich weiß es auch nicht genau,“ erwiderte dieser
ebenso. „Ein schlechtes Weibsbild ist es, von Haidhausen
glaub' ich. Sie hat sich, Gott weiß von wem, ein paar
Kinder anhängen lassen, hat dann nichts zu essen gehabt für die armen Narren und hat gestohlen, und wie
das auch nit gereicht hat für die Läng' — hat sie nit
viel Umständ' gemacht und hat sie in's Wasser geworfen . . .“

Jetzt war der Zug aus der Burggasse hervorge-
kommen, voran hoch zu Roß ein Schreiber des Gerichts,
mit dem bloßen Schwert in der Hand und einem weiten
rothen Mantel über die Schultern. Hinter ihm kamen
singende und betende Schulkinder, nach diesen Mitglieder
verschiedener Bruderschaften in schwarzen über den Kopf
gezogenen Kutten und Kapuzen, alle mit brennenden
Lichtern in der Hand und für die arme Seele der Unglücklichen betend, welche dem Tode entgegen geführt
wurde. Diese saß auf einem schlechten Leiterwagen, mit

dem Angesicht nach rückwärts gewendet, in schwarzer
Kutte, eine Tafel auf der Brust mit der weithin sicht=
baren Inschrift: Wegen Diebstahl und Mords. Um die
Mitte war ihr ein Strick gebunden, dessen Ende der
hinter ihr. stehende Henkersknecht, der Spitzwürfel ge=
nannt, in den Händen hielt. Neben der Verurtheilten
saß ein ehrwürdiger weißbärtiger Kapuziner und sprach
ihr wohlwollend und eifrig zu; aber die Arme hörte
weder die liebevoll tröstenden Worte, noch das Verlesen
des Urtheils vom Fenster herab; sie sah es nicht, wie
das Volk in roher Neugierde den Wagen umdrängte
und wie die Trümmer des zerbrochenen Stabes in dasselbe
niederfielen; — todesbleich mit geschlossenen Augen,
schwankend und in sich zusammengeknickt saß sie da, von
wohlthätiger Ohnmacht umfangen.

„Armes Leut ...," sagte der Bauer, als der Zug
sich wieder in Bewegung setzte, um die Richtstätte vor
dem Neuhauserthor am Anfang der Salzstäbel zu er=
reichen. „Gott geb' Dir eine glückliche Sterbstund ...
ich kann's mir's wohl vorstellen, wie man so weit kommen
kann, wie Du ..."

Die Bäurin drückte angstvoll ihr Kind an's Herz,
als wollte sie es vor einer unsichtbaren Gefahr beschützen.

„Wollen wir heim? Martel?" sagte sie dann, während
der Platz sich rasch entleerte und die ganze Volksmenge
sich dem Zuge nachwälzte, um den letzten blutigen Ab=
schnitt des furchtbaren Schauspiels nicht zu verlieren.
„Oder wollen wir doch hinüber in's ewige Licht und an=
hören, was es mit dem Land ist, wo man keine Steuern
zahlen muß...?" Der Bauer nickte beistimmend und
schritt ihr voran, der bezeichneten Schenke zu.

Auch die Bürger trennten sich. „Schauen Sie nur,"
rief Halmberger, „wie Alles nachrennt, und die Weiber=
leut sind richtig wieder die allermeisten drunter! Ja,
wo's was zu schauen giebt, lassen die nicht auf sich war=
ten ... Aber jetzt behüt Gott, ich muß hinüber in die
Fleischbank ... Da, nehmen 's noch eine Pris mit auf
den Weg! Himmelsakrament! schrie er mit einmal
auf, vergebens seine Taschen nach dem silberbeschlagenen
Steinbockhorn durchsuchend. „Meine Dosen ist fort! Die
ist gestohlen! Die hat mir kein anderer Mensch gestoh=
len, als der Bettelbub hinter mir mit seinem wehen
Fuß! Meine schöne Dosen! Das Silberbeschläg allein
wägt einen Vierling aus. Das ist ja himmelschreiend!
Während man die große Diebin abthut, stiehlt mir der
kleine Dieb meine Dosen aus dem Sack! Jetzt sagen

Sie selber, ob man eine Erbarmniß haben soll
mit dem Spitzbubenvolk! Alle mit einander soll man
sie . . ." Zürnend und fort scheltend rannte er
davon.

Der Lärmen des aufgeregten Stadttheils drang nicht
bis in die stilleren und entfernteren Gassen der andern
Viertel. Dort war es einsam und nur hie und da be=
gegnete man einem Handwerksgesellen, der von oder zu
der Arbeit kam, oder einem Ordensgeistlichen, welcher in
befreundeten Familien und Häusern seinen frommen
Einspruch zu machen begann. So war es auch in dem
etwas abgelegenen Winkel, in welchem der Kaminkehrer=
meister Borzaga hauste, und noch einsamer in der schlich=
ten Wohnstube desselben. Kein Laut vom Geräusch des
Tages drang hier herein, aber auch keine Spur ließ das
Fest errathen, welches in diesem schweigenden Raume
gefeiert werden sollte. Stubenboden und Tisch waren
wie sonst blank gescheuert, die rothgestreiften Vorhänge
von Canevas an den Fenstern waren sauber zurückge=
zogen und gefältelt; auf dem Sims davor schlief die
rothe Hauskatze in der warmen Märzensonne und nur
an dem kleinen Hausaltare, der sich in der hintern Ecke
der Stube befand, war vor dem Bilde der schmerzhaften

Mutter mit den sieben Schwertern im Busen ein schöner frisch duftender Blumenstrauß aufgestellt.

Vor dem Altärchen kniete Maria auf einem kleinen Schemel, tief in Gebet versunken und ganz in Weiß gekleidet, dessen Wiederschein nur dazu diente, ihre Gestalt noch feiner, ihr Angesicht noch zarter erscheinen zu lassen. In das reiche dunkle Haar war ein Kränzlein von Myrten und Rosmarin geschlungen und ein kleines Sträußchen von letzterem steckte im Gürtel des Kleides. Das Mädchen kniete lange so, auch nachdem die Stille des Hauses durch einen sanften fast klagenden Gesang unterbrochen worden war, der aus einem andern Theile oder Gemache wie gedämpft herüber klang. Es war nicht zu erkennen, ob die Betende in ihrer Andacht die Störung vernahm: nur eine leichte Senkung des Kopfes ließ vermuthen, daß sie dem Gesange zuhörte, dessen Worte und Weise ihr nicht unbekannt waren.

Die Stimme war eine männliche, aber mädchenhaft weich; eine tiefe Altstimme mit allem klingenden Schmelz, der sie kurz vor dem Abschied aus der Kehle des werdenden Jünglings umgibt. Das Lied das sie sang, war ein italienischer Wechselgesang; der liebeglühende Ausdruck einer frommen Seele, die sich ganz an den Hei-

land ergibt — in so zärtlichen Worten, daß nicht viel
dazu gehörte, ihnen Liebesempfindungen von weltlichem
Inhalt zu Grunde zu legen. Der letzte Absatz lautete:

Si, saro il sposo tio, —
Sposa voi sarete a me:
Voi in me ed in voi io
Serboremo eterna fè!

und war kurze Zeit zu Ende gesungen, als leise und
schüchtern an die Stubenthüre gepocht ward. Sie öff=
nete sich auf Mariens Zuruf und als sie aufstehend sich
nach der Thür umwendete, stand Beppo, der welsche
Lehrjunge vor ihr, mit seinem besten Sonntagsstaate an=
gethan, einen Blumenstrauß in der Hand und über und
über erglühend bis an die großen glänzenden Ringe in
seinen Ohren.

„Was willst Du, Beppo?" fragte ihn das Mädchen
mit verwundertem Lächeln und der Knabe erwiderte
stockend, und in einer Sprachmischung, die er sich aus
der Sprache seiner Heimath und aus der Bairischen
Mundart zusammengestoppelt hatte. „Die Jungfer ver=
lassen heute das Haus ... Sie kommen nix wieder ...
Sie sind gewesen immer gut und freundlich mit Beppo,
wenn er hat gehabt Sehnsucht nach sein' Vaterland —

barum will ich kommen und wünsche ihr Glück und will Ihnen noch einmal sagen ... Abbio ..."

„Ich danke Dir," erwiderte Maria freundlich, „Du bist immer ein braver Bursche gewesen und ich werd' es schon hören im Kloster wenn Du brav bleibst und auch einmal ein tüchtiger Kaminkehrer wirst. Ich werd' oft an Euch Alle denken und an Dich auch, Beppo und an Dein Singen, wenn Du im Kamin hinaufgestiegen bist ... Es freut mich, daß Du so viel Antheil nimmst an mir ..."

Dem Knaben versagte die Stimme; die Augen standen ihm voll Wasser — er vermochte nichts, als Maria schweigend den mitgebrachten Blumenstrauß hinzuhalten — das Gefühl der Zuneigung zu der schönen gütigen Hausgenossin hatte offenbar tiefere Wurzeln in ihm gefaßt, deren Fasern weit über die Grenzen des Knabenalters hinausreichten.

Maria nahm das duftende Geschenk, aber ehe sie antworten konnte, wurde draußen das Rollen einiger Wagen hörbar. „Das werden sie sein," sagte sie unwillkürlich erblassend, „sie holen mich ... sieh' doch nach Beppo ..."

Der Bursche ging — Maria aber eilte, als die Thüre

hinter ihm sich geschlossen hatte, auf den Zimmeraltar
zu, vor welchem in rother Glasschale von der Decke
niederhangend das ewige Licht brannte ... zögernd zog
sie ein kleines zusammengeknittertes Blättchen aus dem
Busen und hielt es über die kleine Oelflamme, bis es
verkohlt war. Es waren Nießers flüchtige Abschieds-
zeilen, die er vor seiner plötzlichen Abreise dem Vetter
Borzaga zugeschickt hatte, um ihn zu beruhigen; sie ent-
hielten auch für Maria einen letzten Gruß. Dann
sank sie auf den Betschemel mit aufgehobenen Händen
nieder: „Jetzt ist auch der letzte Gedanke fort," flüsterte sie, „o Herr und Heiland — jetzt bin ich ganz
Dein allein!"

Die Stubenthüre ging auf und ließ die Festgäste
ein, die Ehrenmutter, welche die geistliche Braut zum
Altare geleiten sollte, die Kranzjungfern und Gespielin-
nen, die ihr folgen sollten bis an die Thüre, wo sie von
ihnen und ihrer ganzen bisherigen Welt zu scheiden
hatte. Meister Borzaga war unter ihnen; gesetzt und
ernsthaft und es war fast, als ob in seinen Männer-
augen eine Thräne schimmern. „In Gottes Namen,
Maria," sagte er, als sie ihm weinend an die Brust
sank, „Du hast es so haben wollen — es ist Zeit, daß

wir auseinander gehn . . . Behüt' Dich also Gott, meine
Liebe . . . ich darf schon sagen, Tochter . . . weil ich Dich
immer hab' gehabt lieb wie eine Tochter . . . mein Segen
wird Dir nicht viel nutzen, Du bist frömmier als ich und
was Du Dir vorgenommen hast, das wirst Du auch
ausmachen, wie's Recht ist . . ."

„Gott geb' mir seine Gnad' dazu," erwiderte Maria,
„und ich bitt' recht schön um den Segen . . . ich hab'
Ihnen ja Alles zu verdanken wie einem Vater . . ."

„So sag' ich noch einmal — geh' in Gottes Namen,"
sagte der Meister mit wankender Stimme, indem er ihr
die Hand auf den Scheitel legte. „Es wird wohl jetzt
so recht einsam und trübselig sein um mich herum und
Du wirst mir überall abgehn, aber ich muß mich damit
trösten, daß es zu Deinem Glück ist . . . und das ist es
ja gewiß? Nicht wahr?"

„Können Sie daran zweifeln? Ich bin gewiß — es
ist mein Beruf."

„Dann kein Wort weiter — die Wagen warten —
vorwärts!"

Maria erhob sich und blickte noch einmal in der stillen
friedlichen Stube umher; ein Thränenstrom schoß ihr aus
den Augen und schluchzend sank sie in die unterstützen-

den Arme des Meisters. „Was haft Du?" fragte er. „Du machst mir Sorg' ... Wenn Dich der Abschied von der Welt so hart ankommt ..."

„Nicht von der Welt," sagte sie, sich zusammen= raffend, „aber von dem einzigen Fleckel da fällt mir das Scheiden schwer — von dem lieben freundlichen Zim= mer, wo ich so glücklich gewesen bin ..." Sie drückte das Tuch vor die strömenden Augen: nach einigen Augenblicken richtete sie sich gefaßt auf und schritt der Thüre zu.

Draußen hatte die Ankunft der Wagen viele Neu= gierige versammelt; Maria bestieg die für die geistlichen Bräute bestimmte Staatskarosse, die nach allen Seiten mit Glas eingesetzt und durchsichtig war, damit sie von allem Volke recht gesehn werden konnten. Ihre beiden Schicksalsgenossinnen saßen bereits darin, ein gräfliches Fräulein aus der Stadt und eine reiche Bräuerstochter vom Lande — jene kränklich, leidend und scheu, diese in üppiger Körpergesundheit strotzend: jene eine verwundete Seele, die sich nach der Einsamkeit sehnte, diese ein arg= loses Gemüth, das sich der kommenden bequemen Be= haglichkeit erfreute. Maria in ihrer gläubig verklärten Frömmigkeit war weitaus die schönere und bedeutendere

Erscheinung; aus ihren weichen Augen sprach der be=
sonnene Wille des klaren Entschusses.

Die Wagen setzten sich in Bewegung und machten
eine Umfahrt durch einige der Hauptstraßen. Die Be=
völkerung sollte die entsagenden Gottgeweihten sehn und
drängte sich betend und Glück wünschend um den feier=
lichen Zug, der zuletzt vor der alterthümlichen Kirche des
Klosters der Clarissinnen am Anger anhielt. Der Beichvater
desselben im priesterlichen Ornat, von Leviten und Mini=
stranten umgeben, empfing die angehenden Nonnen und
geleitete sie durch das zu beiden Seiten knieende Volk
in die düstre Halle der Kirche bis an die Betbank, welche,
mit rothen Teppichen belegt, unmittelbar vor dem Hoch=
altare für sie aufgestellt war. Auf derselben lag für
jede der Novizinnen ein mit Blumengewinden verziertes
Crucifix. Seitwärts auf bedecktem Tische lagen die drei
für sie bestimmten braunen Habite. Die Angehörigen
und Verwandten nahmen in den ebenfalls geschmückten
ersten Reihen der Kirchenstühle Platz, dahinter drängte
das fromme und schaulustige Volk aus allen Ständen
der Münchner Einwohnerschaft. Ganz im Vordergrunde
unter dem Bogen des Seitenschiffs knieete wie unbeweglich ein alter Mann mit eisgrauem Haar und Bart, in

der schwarzen muschelbedeckten Kutte, wie Pilger sie zu tragen pflegten, die nach Loretto oder ins gelobte Land wallfahrteten.

Die Orgel intonirte und die hinter den Gittern des hohen Chores verborgenen Nonnen begannen den Davidschen Psalm: „Sehet an, wie es gut ist und lieblich, in Eintracht zu wohnen mit den Schwestern!" Der Anrufung des heiligen Geistes folgte dann die Predigt, worin vor den Verführungen und Lockungen der Welt gewarnt und die selige gefahrlose Zurückgezogenheit des Klosters gepriesen ward. „Darum seid getrost," schloß der Prediger feierlich, „die ihr bereit seid, der Welt Valet zu sagen und ihren schnöden Freuden! Wie einst der fromme Aeneas seinen Vater Anchises auf die Schultern nahm und ihn rettete aus den brennenden Mauern von Troja — wie Christophorus, der gottselige Fährmann den geheimnißvollen Knaben auf seinem Nacken hindurch trug durch das tobende stürmende Meer, also trägt der fromme Orden der heiligen Clara seine Bekenner unversehrt durch die streitende brennende Hölle, durch die Sündfluth der Welt, rettet sie und bringt sie in das ewige Leben. Amen!"

Während des folgenden Chorgesanges der Nonnen

wurden die neuen Habite geweiht und die geiſtlichen
Bräute, welche inzwiſchen vor dem Altare auf das An=
geſicht hingeſtreckt gelegen waren, erhoben ſich, um hinter den
Choraltar zu gehn. Die Nonnen pſalmirten weiter, bis
die Novizen wieder hervortraten, bereits in die Ordens=
kleider gehüllt; die Blumen und Kränze waren aus den
Haaren verſchwunden und ein weißer Schleier über die
Häupter gezogen.

Nachdem die Eingekleideten nun auch ihre weltlichen
Namen, auf weiße Blätter geſchrieben, ſinnbildlich am
Altare niedergelegt und die neuen Kloſternamen erhalten
hatten, wurde das „Herr Gott, Dich loben wir!" ange=
ſtimmt und dann das Hochamt gehalten.

Als es zu Ende war, mogte das Volk aus der Kirche.
Durch ſeine Reihen führte der Beichtvater die neuen
Nonnen bis an die Kloſterpforte, wo ihre Anverwandten
und Angehörigen warteten, um ihnen das letzte Lebe=
wohl zu ſagen. Meiſter Borzaga ſprach kein Wort, er
ſchüttelte nur der neuen Kloſterjungfrau Magdalena die
ebenfalls wortlos dargebotene Hand. Hinter ihm hatte
ſich Beppo verborgen und bedeckte ſein glühendes Angeſicht
mit dem Tuche.

Die vierfachen Thüren der Kloſterpforte waren offen

und in dem Halbdunkel des anstoßenden Ganges stand die Aebtissin, mit dem Convente die neuen Ankömmlinge erwartend. Bis an die Schwelle drängte zu beiden Seiten das Volk und haschte nach den Händen oder Gewändern der Novizinnen, um sich durch Berührung der Gottgeweihten des Segens theilhaftig zu machen. Hart am Eingange kniete der greise Lorettopilger. „Nehmet das von mir, fromme Jungfrau," sagte er andächtig und drückte ihr ein kleines Blatt mit dem Marienbilde in die Hand. Schwester Magdalene erbebte bei dem Tone dieser Stimme; ihr Auge fiel auf den Alten und ein unterdrückter Schrei erstarb auf ihren Lippen — aus dem greisen Antlitz hatten ihr die Augen eines Freundes entgegengeblickt, der es im Vertrauen auf seine Schauspielkunst gewagt hatte, in dieser Verkleidung die Stadt noch einmal zu betreten, seinen Vater und Lori zu besuchen und sich zugleich selbst zu überzeugen, daß jeder fernere Gedanke irdischen Hoffens vergebens war.

— Am Abend saß Kurfürst Maximilian Joseph in seinem Gemache am Fenster, welches die Aussicht über die Stadtmauer, die dort angelegten prachtvollen Gärten bis an die Isar und die hinter ihr aufsteigende kleine Hügelreihe öffnete. Er blickte in den Wiederschein des Sonnenuntergangs hinaus und hielt die Gambe zwischen den Knieen, ein violoncellartiges Instrument, das er sehr liebte und meisterlich zu spielen verstand. Er phantasirte in weichen melodischen Gängen und be= merkte darüber gar nicht, daß draußen der letzte Schein des Tages erloschen, und der Kammerdiener schon mehrmals in das dunkelnde Gemach gekommen war, als wenn er fragen wollte, ob die Lichter noch nicht ange= zündet werden sollten. Als er endlich zu spielen auf= hörte, und der Diener mit den Leuchtern eintrat, legte er das Instrument sorgfältig in seinen weichgepolsterten Behälter und betrachtete es mit freudigen Blicken, wie man beim Abschied die Hand eines vertrauten Freundes festhält, um ihn noch länger um sich zu haben. „Wie spät ist es?" fragte er dann, „Ist Jemand im Vor= zimmer zur Abendaudienz?"

„Der Herr Obersthofmeister Graf Preysing," war die Antwort, „mit dem französischen Gelehrten, den Durch= laucht herbeschieden haben!"

„Ah, der Astronom Cassini! Ganz recht!" erwiderte der Kurfürst, „Laß die Herren eintreten! — Nun, Herr Abbé" fuhr er fort, als Cassini mit Preysing eingetreten war und sich mit graciösem Anstande vor ihm verbeugte,

„Sie wollen uns wieder verlassen, wie ich höre... Sie sind also mit Ihren Messungen und Berechnungen bereits zu Ende?"

„Das nicht, Durchlaucht," entgegnete der geschmeidige Franzose, „mein Auftrag besteht bekanntlich darin, vom astronomischen Observatorium in Paris aus eine Perpendikularlinie zu ziehn und zu messen, welche als Grundlage gemeinsamer Beobachtungen dienen soll. Das ist ein Werk für Jahre, aber ich kehre vorläufig nach Paris zurück, um das Ergebniß meiner bisherigen Arbeiten vorzulegen..."

„So soll es mich freuen, Ihnen vielleicht später wieder zu begegnen und Ihr Werk im Interesse der Wissenschaft recht weit gediehen zu wissen. Ich habe alle Behörden und Aemter anweisen lassen, Ihnen dabei an die Hand zu gehen und das Volk zu veranlassen, daß es Ihnen beistehe... ich hoffe doch, daß es geschehen ist?"

„O gewiß!" antwortete der Abbé. „Die Herren Beamten haben mich überall auf das Zuvorkommendste und Freundlichste empfangen... aber das Volk, Durchlaucht..."

„Nun, das Volk? Sollte es sich Widersetzlichkeiten erlaubt haben...?

„O, durchaus nicht! Im Geringsten nicht... Das

Volk ... ich meine die Bauern und die Bürger in den
kleinen Städten, sind ebenfalls sehr bereitwillig gewesen
und haben mir Alles gegeben und gebracht, was ich zu
meinen Arbeiten und Gerüsten bedurfte ... aber ..."
Er vollendete nicht und zuckte eigenthümlich lachend die
Achseln.

„Nun?" fragte Max. „Sprechen Sie immer, Herr Abbé;
Sie machen mich wirklich neugierig, zu erfahren, was
hinter diesem Aber steckt!"

„Das Volk von Ihro Durchlaucht," fuhr Cassini fort,
„ist ein braves Volk, o — ein recht gutes und williges
Volk — aber es ist ... ich weiß nicht wie ich es auf
Deutsch ausdrücken soll ... ein wenig stark zurückge=
blieben ... un peu bête ..."

Ueber des Kurfürsten Antlitz flog ein unmuthiger
Schatten: „In der That?" rief er, während Preysing
sich unwillig abwandte. „Und wollen uns der Herr Abbé
nicht auch mittheilen, woraus Sie diese Eigenschaft unseres
Volkes kennen gelernt haben?"

„O, bei meinem Geschäft, Durchlaucht!" lachte Cassini.
„Die guten Leute haben nirgends begreifen können, was
ich wollte und that. Wenn ich meine Gerüste baute,
meinten sie, sie seien für ein Heiligenbild bestimmt, das

darauf gestellt werden sollte und unter meiner Perpen=
dikularlinie stellten sie sich einen ungeheuren Balken vor,
der von Paris aus bis zu ihnen reichen und ihre Aecker
und Häuser durchbrechen würde. Fast kein Tag verging,
wo nicht der Eine oder Andere zu mir kam und mich
bat und mir Geld in die Hand drücken wollte, damit
ich bewirke, daß der Balken nicht durch sein Eigenthum
gehn, sondern sich etwas seitwärts biegen möchte ..."

„Allerdings," sagte Max ernsthaft, „Sie haben Recht, Herr
Abbé, — das ist eine bêtise und ich kann nur bedauern,
wenn der Aufenthalt in meinem Lande Ihnen dadurch
unangenehm wurde ... Leben Sie wohl und — reisen
Sie glücklich ..."

Etwas verblüfft zog sich der Franzose zurück: Max
aber schritt mit vor Unwillen geröthetem Gesicht im
Gemache auf und ab. „Was sagst Du dazu, Preysing?"
rief er. „So weit ist es also mit meinen Baiern, daß man
mir ungescheut derlei in's Gesicht schleudern darf? Daß
wir uns derlei von einem Ausländer sagen lassen und
schamroth werden müssen! Wenn dieser Abbé nach Paris
und Versailles kommt, er wird der Held des Tages sein,
wenn er seine Bonmots zum Besten giebt von den dummen
Baiern! Daß ich ihn nicht daran hindern ... und was

mir das Bitterste ist von Allem — daß ich ihn nicht einmal Lügen strafen kann!"

„Beruhigen sich Durchlaucht," sagte Preysing gelassen, „es ist so schlimm nicht, als es der Windbeutel von Sternguder gern machen möchte! Wer nicht selbst ein Windbeutel ist, wird ihm auch nicht so gerade hin glauben, und eh' er über ein braves Volk aburtheilt, sich nach anderen Gründen umsehen, als nach den Späßen eines Anekdotenjägers. — Hätten Durchlaucht nur die Gnade gehabt, mich in's Gespräch zu ziehen — der alte Preysing hätte dem Sternguder die Meinung gesagt! Es ist Schade, daß er so abgezogen ist — ich hätte ihm gesagt, daß die Franzosen auch nicht als Gelehrte vom Himmel fallen, und daß die französischen Bauern von seiner Linie wahrscheinlich um kein Haar mehr verstehen, als die bayrischen... Die dummen Baiern haben ihm geholfen, wenn sie's auch nicht ganz scharf begriffen haben, was geschah — die windigen Franzosen hätten ihn wahrscheinlich tobtgeschlagen — das hätt' ich dem Sternguder gesagt, Durchlaucht!"

Ein Diener trat ein und melbete den Oberberg= und Münzbirektor Grafen von Haimhausen.

„Ich weiß, warum Du kommst, Haimhausen!" rief

der Kurfürst dem Eintretenden entgegen, „und Du kommst mir gerade recht, Deine Meinung zu sagen! — Ich bin zufrieden mit Dir, Du haft das Bergwesen im Lande in die Höhe gebracht, daß es mehr als das Zwanzigfache abwirft: Du bist ein ehrlicher Mann und haft ein Herz für's Land ... gieb mir einen Rath, sage mir, was ich thun soll!" — Er erzählte den Vorfall mit Cassini und fuhr fort. „Und das ist's nicht allein, was mir Kummer macht! Dort — auf meinem Tische liegt Bericht über Bericht, daß in allen Rentämtern die Auswanderungsluft überhand nimmt! Der Thürriegel entführt mir noch mein halbes Volk in seine Sierra Morena! Alle Mandate, alle Warnungen sind vergebens ... Antworte mir offen und ehrlich ... warum ist das so in Baiern?"

Graf Haimhausen war ein großer hagerer Mann mit klugem Gesicht und wohlwollendem Ausdruck, aber von etwas sehr selbstständiger Haltung. „Das ist nicht bloß in Baiern so, Durchlaucht," antwortete er ruhig, „leider ist's im ganzen Reich und wohl auch in dem gelobten Frankreich nicht viel besser um das Volk bestellt. Ich fürchte sehr, daß in Frankreich der galante Verputz einmal abfällt und daß dann garstige Dinge zum Vorschein kommen … bei uns in Baiern haben mehr als vier Generationen hindurch die furchtbarsten Kriege gewüthet — Kriege, bei denen es so recht auf's Verwüsten ab= gesehen war. Die Folgen konnten nicht ausbleiben, Durchlaucht … das Volk ist unwissend und arm!"

Maximilian schritt hin und wieder, das Haupt ge= senkt, die Hände auf den Rücken gelegt. „Gehe hinüber, Preysing, zur Kurfürstin," sagte er nach einigem Schweigen, „man soll nicht auf uns warten mit der Abendtafel … wir haben zu thun! — Fahre fort," sagte er dann, „sind das die Gründe alle? Und wie wolltest Du abhelfen?"

„Vielleicht zeigt gerade diese Lust auszuwandern den Weg dazu," erwiderte Haimhausen. „Was suchen die Auswanderer. Was haben sie in der Sierra Morena zu erwarten? — Nichts als Arbeit, harte, angestrengte, jahre= lange Arbeit — Arbeit noch härter, als im Vaterlande … was ist es also, Das sie dennoch verlockt? Nichts Anderes, Durchlaucht, als daß sie freie Herrn, daß sie Eigenthümer sind von dem fremden Grund und Boden, — nichts, als daß sie für sich arbeiten; daß das Erträg= niß ihres Fleißes ihnen selber gehört! … Bei uns, in der Heimath, ist der Bauer nur selten der Eigenthümer seines Guts — er hat es nur geliehen auf Leibgeding,

Erbrecht, Neustift oder Herrengunst — von dem Erträg=
nisse seines Fleißes muß er die schweren Grundlasten
tragen, Steuer zahlen, Zehent geben und Scharwerk thun
... das Fett ist abgeschöpft, ihm bleibt nicht viel mehr
als der magere Bodensatz ... Das, sollte ich denken,
Durchlaucht, macht die Armuth vollends erklärlich!"

„Und die Unwissenheit?"

„Ist der unzertrennliche Gefährte der erstern! Wem
nicht daran liegt, seinen leiblichen Wohlstand zu steigern
— wer sich begnügt, das Leben mit dem Unentbehrlichsten
zu fristen, wird auch kein Verlangen fühlen, sich geistig
zu erheben — in stumpfer Verzagtheit lebt er seine Tage
dahin! Und leider sind Viele, denen daran liegt, daß er
so dahin lebe! Das sind die großen Grundbesitzer, die
Lehensherrn des Bauern — ihnen liegt daran, den alten
Stand der Abhängigkeit zu erhalten; sie fürchten, der
kluge und wohlhabend gewordene Bauer werde nicht mehr
so gefügig sein ... darum gewöhnen sie ihn zur from=
men Geduld, machen ein Drittheil der Woche zum Feier=
tag und verweisen den Klagenden auf den Ersatz im
ewigen Jenseits!"

„Der Ton ist mir neu an Dir, Haimhausen." sagte
Max, indem er stehen blieb und den Grafen eindringlich

betrachtete. „Ich will nicht hoffen, daß Du ein Feind
der Religiofen, ein Voltairianer bift?"

• „Das bin ich nicht — aber Durchlaucht wollten ja,
daß ich die Unwiffenheit erklären folle! Laffen Sie mich darum
fortfahren! Daher auch der Zuftand unfrer Schulen, wo
irgend ein verfommener Soldat den Lehrer fpielt, den Bauern
der Reihe nach auf der Schüffel fißt und nicht vielmehr weiß,
als feine Schüler — daher die Einrichtung der höhern An=
ftalten, in welchen ein lateinifcher Zaun um die Wiffenfchaft
gezimmert ift, und dem Verlangenden von der Quelle wie
durch ein Sieb nur dasjenige gereicht wird, was man will
und nur fo viel man will!"

Haimhaufen fchwieg, denn der Kurfürft erwiderte
nichts und fchritt wie zuvor fchweigend und tieffinnig hin
und wieder. „Das ift ein ziemlich klarer Befcheid," —
fagte er dann, — „aber ein betrübter! Erklärt haft Du
die Unwiffenheit und die Armuth allerdings, aber Du
haft mir zugleich gezeigt, daß Abhilfe unmöglich ift.
Wenn die Uebel aus diefen Wurzeln auffteigen, müßte
ich das Verhältniß aller Stände, den Verband des gan=
zen Staates umftürzen, ich müßte ein neues Syftem ein=
führen ... und wenn ich es wollte, wo ift das Syftem,
das ficher nicht täufcht und gründlich hilft?"

„Beruhigen fich, Durchlaucht," erwiberte Haimhaufen
ernft, „ber Umfturz wirb fich von felbft vollziehen, fobalb
Jahrhunbert unb Menfchheit bazu reif geworben fein
werben. Das Gefchlecht beginnt, ben engen abgezirfelten
Aleibern, in benen es bisher gelebt, zu entwachfen — es
wirb fie abwerfen unb nach einer neuen freiern Ge=
wanbung ftreben . . . unfere Zeit, Durchlaucht, ift eine
Zeit ber Dämmerung, bes Ueberganges von ber Nacht
zum Tage! Durchlaucht haben Alles gethan, wenn Sie
ben Leben, ben bie trüben Stunben erleichtern . . . Sie
haben bas bereits gethan — ber Segen einer gerechten
Gefetzgebung, einer georbneten Verwaltung wirb balb
überall fichtbar werben, wie bie frifchen grünen=
ben Keimfpitzen einer unfcheinbaren Winterfaat! Es
bleibt nur noch Eines zu thun übrig — bie Sorge
für bie heran wachfenben Gefchlechter, bie Sorge,
fie burch Unterricht unb Bilbung vorzubereiten,
baß ihre Augen bas Licht ertagen, wenn bie Sonne
fommt!"

„Ich errathe, wo Du hinaus willft!"

„Dann errathen Durchlaucht auch meine Bitte — bie
Bitte um Freiheit bes Forfchens unb Denfens unb um
ben Schutz biefer Freiheit!"

„Und das Alles glaubſt Du mit dem Project zu er=
reichen, das Du mir vorgelegt haſt?"

„Alles das und noch mehr! Sagen Sie Ja, Durch=
laucht — geben Sie dadurch allen hellern Geiſtern ihres Lan=
des den feſten ſtützenden Mittelpunkt, um den ſie ſich ſammeln
können! Zeigen Sie, daß Sie das Licht wollen und ent=
ſchloſſen ſind, es zu ſchützen — vor den offenen Fein=
den wie vor den verſtellten Lichtputzern und den ge=
heimen Löſchhörnchen!"

„Ein gutes Gleichniß!" lachte Max. „Ich kenne ein
paar ſolcher Löſchhörnchen und Lichtputzer! — Und Du
meinſt alſo wirklich . . ."

„Ich bin überzeugt, Durchlaucht! Ich hätte es ſonſt
nicht übernommen, als Lori und ſeine Freunde
mich in ihr Vorhaben einweihten, daſſelbe vor Eure
Durchlaucht zu bringen und zu vertreten! Ich bin über=
zeugt, Unwiſſenheit und Aberglaube können ſich nicht
mehr behaupten, wenn die Wiſſenſchaft feſt und uner=
ſchütterlich wie ein Leuchtthurm daſtehen und jeden
Augenblick frei und ungehindert ihre Fackel erheben
kann, ſie in ihrer Nichtigkeit und Blöße zu zeigen! Sa=
gen Sie Ja, Durchlaucht — genehmigen Sie den Ent=
wurf, den ich Ihnen vorgelegt habe — genehmigen Sie

die Gründung einer bairischen Akademie der Wissen=
schaften!"

Der Kurfürst war an seinen Arbeitstisch getreten,
und blätterte in dem Hefte, welches die Satzungen der
neuen gelehrten Gesellschaft enthielt. „Ich bin nicht
abgeneigt," sagte er. „Es freut mich sehr, daß ich in
dem dummen Baiern so viele tüchtige und gelehrte
Männer habe und daß sie zu einem solchen Unternehmen
zusammen treten! Dieser Lori ist ein wackerer Mensch,
den müssen wir im Auge behalten!" Es hatte den An=
schein, als wollte er nach der Feder greifen, um dem
Entwurfe seine Genehmigung beizusetzen.

Da öffnete sich die Thüre und Pater Stabler, der
jederzeit freien Zutritt hatte, erschien auf der Schwelle.
Unwillig, mit übereinander gebissenen Zähnen wandte
Haimhausen sich ab, der Kurfürst legte die Feder wieder
an ihre Stelle. „Entschuldigen Durchlaucht," sagte
Stabler, „ich komme im Auftrage Ihrer Majestät, der
Frau Kaiserin Mutter . . . sie ist besorgt wegen des
Ausbleibens Eurer Durchlaucht von der Abendtafel! Sie
fürchtet, es könnte etwas Besonderes, Unangenehmes
vorgefallen sein . . . Durchlaucht könnten vielleicht gar
unpäßlich . . ."

„Nichts von alle dem, Hochwürden — ich bin nur beschäftigt, sehr beschäftigt mit einer Angelegenheit, die ich einmal in's Reine gebracht haben will! Graf Haim=hausen ist hier, sich Unsern Bescheid zu holen wegen der beabsichtigten Akademie der Wissenschaften ... Wie ist es? Ich habe auch Sie schon mehrmals aufgefordert, Ihre Ansicht darüber zu sagen ... Sie sind mir immer ausgewichen, Hochwürden! Reden Sie jetzt, ich will Ihre Meinung hören!"

„Was hör' ich?" sagte Haimhausen näher tretend. „Der Herr geistliche Rath sind einer Aeußerung ausge=wichen? Wie sonderbar, daß sie dann gerade jetzt so un=scheinbar zufällig dazu kommen, um es doch thun zu müssen!"

„Warum dieser Argwohn, Herr Graf?" fragte Stabler gelassen. „Akademie der Wissenschaften! Ich sollte zwar meinen, Baiern besitze eine solche schon lange und brauche sie nicht erst zu gründen ... aber das sind Kleinigkeiten! Demungeachtet sage ich meine Meinung gern und ohne Bedenklichkeit! Mein Gott, man wirft uns Jesuiten vor, wir seien hinter der Zeit, hinter den Fortschritten der Wissenschaft zurückgeblieben ... wir behielten wohl gar das Beste davon für uns zurück ... da ist es wohl die beste Widerlegung, wenn man die weltlichen Herren ihre Weisheit ungehindert auskramen läßt: da wird es sich wohl bald zeigen, ob sie mehr wissen als die Gesellschaft!"

„Sie sind also nicht dagegen?" fragte Haimhausen staunend.

„Mein Gott, warum sollt' ich denn?" entgegnete Stabler. „Die Herren wollen sich mit uns messen . . . gut, wir scheuen den Kampf nicht! Den Herren ist vielleicht Manches neu, was wir längst an den Schuhen abgelaufen haben! Naturwissenschaften wollen sie cultiviren, nicht wahr? In meinen Studentenjahren hätte in der Physik und Astronomie ich allein es mit den Herren aufgenommen, die jetzt den Mund so voll nehmen! Aber die Societät wird schon ebenbürtige Kämpfer stellen!"

„Das ist möglich," sagte Haimhausen, „aber die Welt urtheilt anders . . ."

„Die Welt!" rief Stabler achselzuckend. „Mein Reich ist nicht von dieser Welt, hat unser Herr gesagt!"

„Allerdings," entgegnete Haimhausen mit Nachdruck; „aber die sich nach ihm nennen, sagen anders!"

Der Pater schoß einen giftigen Blick auf den Grafen, aber er lächelte und rieb sich die Hände. „Wollen

wir uns doch nicht ereifern wegen einer solchen Kleinig=
keit!" sagte er. „Einer Liebhaberei, einer bloßen Spie=
lerei!"

„Gleichwohl", entgegnete Haimhausen, „haben viele
Länder und große Regenten sich ernsthaft genug mit
solchen Spielereien beschäftigt. Vor einem halben Sä=
kulum schon ward die brandenburgische Akademie in
Berlin, vor wenigen Jahren die kurfürstliche Gesellschaft
in Göttingen gegründet, selbst Rußland ist uns voraus
und hat eine Akademie . . ."

„Mein Gott, ich streite ja nicht!" antwortete Stadler
freundlich ausweichend. „Der Erfolg, die Geschichte wird
entscheiden!"

„Ich weiß nicht, ob Sie wohl thun, sich auf die
Geschichte zu berufen, aber die Akademie kann es wagen.
In verständlicher deutscher Sprache wird sie sich an Ohr
und Herz des Volkes wenden — versuchen Sie, wie weit
Sie dabei kommen mit Ihrem Latein!"

„Jedenfalls werden wir um die Erfolge solcher
Bauerngelehrsamkeit Niemand beneiden! — Genehmigen
Durchlaucht immerhin die neumodische Akademie," fuhr
er fort, gegen den Kurfürsten gewendet, der, an seinen
Tisch gelehnt, schweigend zugehört hatte. „Gestatten Sie

immerhin den Verſuch . . . dafür, daß er nicht ſchaden
kann, iſt ja bereits geſorgt!"

„Bereits geſorgt? Wie ſo?" fragte Haimhauſen
raſch.

„Wie ſo? Sonderbare Frage!" erwiderte der Pater
unbefangen. „Die Akademiſten mögen ſich verſammeln
und ſchön reden und drucken laſſen, was ſie wollen . . .
daß ſich nichts Verderbliches einſchleicht, dafür wird ſchon
das Cenſurkollegium ſorgen!"

„Das Cenſurkollegium!?" rief der Graf. „Alſo
darauf will es hinaus? Daher Ihre unbegreifliche Be-
reitwilligkeit am Anfange!"

„Nun?" ſagte Stadler mit unverhehltem Triumph.
„Finden der Graf darin etwas Beſonderes? Alles was
gedruckt wird, muß das Imprimatur des Cenſurkollegiums
haben: — die Herren Akademiſten werden doch nicht ex
lex ſein wollen in dieſer Beziehung?"

Haimhauſen antwortete nicht, aber er wandte ſich
dem Kurfürſten zu. „Noch kenne ich die Entſchließung
Eurer Durchlaucht nicht!" rief er. „Aber wenn Sie die
Akademie unter die Cenſur zu ſtellen gedenken, dann iſt
die jeſuitiſche Zuſammenſetzung dieſes Collegiums dafür
Bürge, daß der Bock zum Gärtner gemacht würde! Wenn

Durchlaucht das im Sinne haben, dann bitte ich, mir den Entwurf lieber zurückzugeben."

„Mein Gott," rief Stabler, „warum diese Weige=rung? Sie haben wohl nicht bedacht, Herr Graf, daß Sie dadurch gegen Ihre Akademisten im Voraus den Verdacht begründen, daß die Grundsätze, die sie ver=breiten wollen, das Licht und die Prüfung zu scheuen haben? Das deutet auf ketzerische, auf freigeisterische Absichten!"

„Das besorge ich deshalb noch nicht," erwiderte Max, der den Entwurf wieder zur Hand genommen hatte, „dafür bür=gen wohl die vielen Welt= und Ordensgeistlichen in dem Mitgliederverzeichniß. Ich lese hier den Propst Döpsel und den Dekan Eusebius Amort von den Chorherrn zu Polling, Propst und Conventualen von Schlehdorf, Pfar=rer Miebanner von Dingolfing . . . Sie erlauben mir zu glauben, Hochwürdiger, daß all' diesen unsre heilige Religion nicht minder am Herzen liegt, als Ihnen! . . . Und wie sonderbar!" fuhr er fort, nachdem er einen weitern Blick in das Verzeichniß geworfen hatte, „je mehr ich diese Liste betrachte, je bekannter wird sie mir, je mehr mahnt sie mich an eine andere. Erinnern Sie sich an jene Liste, Hochwürdiger, durch welche mir die

Mitglieder einer geheimen und verbrecherischen Verbin=
dung angezeigt werden sollten? Wie bedaure ich nun,
sie verbrannt zu haben: die Vergleichung hätte wohl er=
geben, ob derjenige, der sie mir brachte, selbst getäuscht
war oder ob er mich zu täuschen suchte."

„Erlauben, Durchlaucht," sagte Stabler leicht aus=
weichend, „daß ich zu Ihrer Majestät der Kaiserin eile,
um sie über das Allerhöchste Wohlsein zu beruhigen."

Der Kurfürst machte schweigend eine verabschiedende
Geberde, der Pater entfernte sich unterwürfig. „Hier
muß anderes Geschütz aufgefahren werden," murmelte er
und verschwand.

„Geh' Du auch nach Hause, Haimhausen," sagte der
Kurfürst, „geh' mit Gott und grüße mir Deine Freunde!
Ich hab' es gut mit Euch im Sinn — aber die Censur
ist einmal Gesetz, von dem kann ich Euch nicht befreien,
das siehst Du wohl selber ein. Vielleicht läßt sich ein
Ausweg finden.'

„Wenn Durchlaucht ihn aus sich selbst finden,"
sagte Haimhausen sich verneigend, „dann gebe ich mei=
nen Kopf zum Pfande, daß der Ausweg auch der rechte
Weg ist."

Der Kurfürst war allein; er nahm an seinem Tische

Platz und begann den Entwurf der Akademie noch ein=
mal zu durchlesen. Er war aber noch nicht weit damit
gekommen, als der Kammerdiener die Thür mit der
Meldung öffnete: „Ihre Majestät, die Frau Kaiserin
Mutter!"

Maximilian sprang überrascht auf und eilte der
Eintretenden entgegen. Amalie, des kaiserlichen Carl
Albrecht's Wittwe, war keine gebieterische und stolze Er=
scheinung, aber feierlich abgemessen in jeder Bewegung,
unschön und streng von Antlitz, kalt und beinahe hart
in jedem Worte, das sie sprach.

„Darf ich fragen," sagte der Kurfürst, indem er
ehrerbietig ihre Hand an die Lippen führte, „was mir
so unerwartet die Gnade verschafft, Eurer Majestät noch
so spät meine Verehrung bezeugen zu dürfen?"

„Mich führt eine Bitte zu Dir, mein Sohn," erwi=
derte die Kaiserin, sich am Arme des Kurfürsten im
Sopha niederlassend. „Es ist nur eine Kleinigkeit. Vor=
her aber will ich mich überzeugen, daß Dein Befinden . . ."

„Seien Majestät ganz unbesorgt. Und diese Bitte?"

„Es ist nichts Bedeutendes, wie schon gesagt," er=
widerte sie, mit dem Fächer spielend. „Dein Wohlbe=
finden ist mir eine große Beruhigung . . . doch, gieb

mir Aufschluß. Ich habe vernommen, einige exaltirte
Köpfe, eine Schaar von Freigeistern haben den Entschluß
gefaßt, eine Verbindung zu gründen, um im Volke so=
genannte Aufklärung zu verbreiten … man wollte sogar
wissen, daß das Projekt dieser Verbindung, unter dem
prahlerischen Titel einer Akademie der Wissenschaften,
Dir bereits zur Genehmigung vorliege."

„So ist es in der That."

„Und Du hast es doch noch nicht genehmigt? Du
hast nicht, mein Sohn — das würde mich sehr unglück=
lich machen!"

„Noch ist es nicht geschehen, aber ich bin allerdings
gesonnen, die Genehmigung zu ertheilen."

„Das wirst Du nicht! Wenn Dir die Stimme Dei=
ner Mutter, der Ruf der Ehre, das Gebot des Glau=
bens noch etwas gilt, wirst Du das nicht!"

Auf Maximilian's Stirne lagerte sich hoher Ernst.
„In der That," sagte er, „ich vermag nicht zu begreifen,
was Eure Majestät, was Glauben und Ehre gegen ein
solches Unternehmen einwenden können!"

„Das fragst Du? Muß ich Dir sagen, was im
heiligen römischen Reiche die Bedeutung des Landes ist,
dessen Krone Du trägst? Muß ich Dich an die Bemü=

hungen Deiner großen Ahnherrn, an die Schöpfungen
des frommen Wilhelm, oder Deines erhabenen Namens-
vetters erinnern? Sie haben Baiern zum Bollwerk des
alten wahren Glaubens gemacht, sie haben mit heilsamem
Zwange ihre Lande vor dem Gifte der Neuerung be-
wahrt und nicht geduldet, daß freches Wissen an den
Grundvesten der Wahrheit krittle und rüttle. Weißt
Du, was Du thust, mein Sohn, wenn Du jene Verbindung, jene sogenannte Akademie der Wissenschaften
genehmigst? Du selbst, der Enkel, reißest das Werk
Deiner Ahnen ein, Du selber nimmst den ersten Stein
aus dem Bollwerk und giebst die Blöße, wo die Zerstö-
rung einbringt!"

„Ich kann mich davon nicht überzeugen, Mutter,"
sagte der Kurfürst sich erhebend. „Jenes Bollwerk ist
wohl auf festere Grundlagen gebaut! Ich kann nicht
einsehn, daß Wissen und Glauben Feinde sein müssen ...
mir schwebt eine Zeit vor der Seele, in der sie Beide
sich friedlich durchdringen, ergänzen und erklären! Die
Akademie will die Geschichte der Natur und der Menschheit fördern, sie will der deutschen Sprache zu Ehren
verhelfen ... ich kann darin nichts so Hochgefährliches
finden!"

„Das ist's eben!" rief die Kaiserin. „In diesem künst=
lichen Scheine der Gefahrlosigkeit liegt eben die höchste
Gefahr! Alles Böse sucht und weiß sich den Schein
des Guten zu geben … glaube mir, diese Akademie ist
nichts als eine Maske, hinter der sich die Freigeisterei
und die gottesläugnerische Philosophie verbirgt, welche
das unglückselige Frankreich ausgebrütet hat! — Ich
darf es Dir wohl sagen, mein Sohn," fuhr sie ihm
näher tretend fort, „auch in Wien — am kaiserlichen
Hofe weiß man bereits von dem Projekt … Maria
Theresia ist sehr besorgt um Deinetwillen, sie läßt Dich
warnen und bitten …"

„Ah … Maria Theresia verwirft meine Akademie?"
sagte der Kurfürst erregt. „Das war zu erwarten — ihr
Sohn Joseph würde sie billigen!"

„Joseph ist ein Jüngling, fast noch ein Knabe —
seine Schwärmereien zählen nicht mit. Wird er erst
älter, wird er von selbst in die alte Politik ein=
lenken …

„Gleichviel! Ich bin kein Jüngling mehr — ich
bin Mann und Regent und werde mich nicht in's Schlepp=
tau nehmen lassen!"

„Wer spricht doch davon! Wer wird eine freund=

liche vertrauliche Warnung des Kaiserhauses in solchem Sinne auffassen . . ."

„Warum hat das Kaiserhaus nicht gewarnt, als Brandenburg seine Akademie gründete? Warum schwieg es, als noch vor wenigen Jahren dasselbe in Hannover geschah? Warum wird nur bei mir diese freundliche Warnung versucht?"

„Mein Sohn," rief die Kaiserin entsetzt, „das sind protestantische Fürsten . . ."

„Gleichviel . . . ich bin Reichsfürst und Herr, bin nicht geringer als Einer von diesen — ich will nichts wissen von diesen Einflüssen . . . ich will frei handeln, wie es mein Gewissen und mein Herz mir eingeben!"

„. . . Also — Du wirst meine Bitte nicht erfüllen?" fragte die Kaiserin gereizt.

„Ich bedaure, es nicht zu können!"

„Gut — ich werde Deine Weigerung nach Wien melden . . . zugleich aber wirst Du einsehn müssen, daß in dem neuen Baiern, das Du erschaffen willst, kein Platz mehr ist für meine veralteten Grundsätze und für mich — Du wirst es daher begreiflich finden, wenn ich Deinen Hof und Dein Land verlasse . . ."

„Mutter . . ." rief Maximilian erschüttert, „das

wollten Sie — das vermöchten Sie zu thun? So offen
wollten Sie Partei gegen mich ergreifen — die Mutter
gegen den Sohn?"

„Gegen den Sohn, der längst ein Heiligeres ge=
funden hat, als das Wort der Mutter.

„Nicht so!" rief Maximilian heftig. „Nicht mir
solchen Vorwurf — wenden Sie ihn dahin, wo die öster=
reichische Prinzessin noch immer mehr gilt, als die Mutter!"

Die Kaiserin erblaßte und bebte, aber sie hielt an
sich. „Ja," sagte sie, „es ist mein Stolz, eine Tochter
von Habsburg zu sein. . . . Will mein Sohn mir das
verwehren? Will er mir einen stolzeren Namen nennen?"

„Ja," sagte Maximilian mit Hoheit, „den der
Wittwe eines Baierfürsten, der die Kaiserkrone trug!"

„Genug, genug," entgegnete die Kaiserin hastig,
„wenn auch spät, — es ist immer gut, daß es endlich
einmal klar wird zwischen uns . . . Diese Warnung aus
Wien, statt Dich abzuhalten, hat Dich in Deinem Ent=
schlusse bestärkt . . . Du hassest Oesterreich!?"

„Ich hasse es nicht," sagte der Kurfürst mit wür=
digem Ernst, „aber ich bin auf der Hut vor einer Macht,
die sich in die Geschichte meines Hauses und Landes
mit so blutigen Spuren eingeschrieben hat! — Nie ist

uns von dort Heil gekommen, . . . denken Sie, was
Sie selbst an der Seite meines edlen unglücklichen Va=
ters erlebt haben . . . wie man von dorther sein Land
verwüstete und ihn verjagte, weil die Kurfürsten in
freier Wahl es gewagt, die Krone auf sein Haupt und
nicht auf das eines Habsburgers zu setzen! — Ich war
nur noch ein Knabe, Mutter . . . aber ich habe sie nicht
vergessen, jene Tage der Krönung in Frankfurt, jene
Stunden der Flucht, jenes Wüthen und Würgen in
meinem armen Lande . . . ich habe die Schmach nicht
vergessen und — auch nicht die Hand, die mich zwang
sie durch den Füßner=Frieden noch selbst zu vollenden!"

Die Kaiserin war außer Fassung. „Wohl denn —
ich habe meinen Sohn verloren!" rief sie und wandte
sich der Thüre zu.

„Nein, Mutter," rief Maximilian, sie ehrfurchtsvoll
zurückhaltend, „so werden Sie mich nicht verlassen! Ich
bin Ihr Sohn — mein Herz ist voll Liebe gegen
Sie . . . aber die Pflicht gebietet, meiner Ueberzeugung
zu folgen!"

„Wenn diese Liebe ächt ist," erwiderte die Kaiserin
hart, „so bewähr' es durch die That! Opfre Deine
Ueberzeugung meiner bessern . . . gieb ein unbedeutendes

und, wie Du ja selber sagst, unverfängliches Unternehmen
auf . . . die Mutter bittet darum, der Kaiser warnt,
Deine Kirche befiehlt . . .“

„Gott, was soll ich thun . . .,“ rief Max unruhig.

„Nichts, als Dir die Sache noch einmal überlegen!
Entscheide jetzt nichts — morgen früh will ich Deine
Entschließung hören . . . Gute Nacht, mein Sohn!“

Sie ging und ließ den Kurfürsten in größter Aufregung zurück. Er hieß den Kammerdiener, der ihn zu
Bette begleiten wollte, sich entfernen. „Geh’ nur,“
wiederholte er dem Staunenden, „ich werde mich selbst
auskleiden — ich befehle Dir, zu gehn — ich will allein
sein!“ — Unruhig schritt er durch das einsame Gemach,
setzte sich an den Schreibtisch und versuchte zu lesen.
Immer legte er das Begonnene wieder hin, stand wieder
auf und suchte durch äußere Bewegung die innere Un-
ruhe zu dämpfen; kein Bedürfniß der Ruhe kam in seine
Augen. Am Fenster stehend, blickte er in die düstre,
wolkige Nacht hinaus. „Wir leben in einer Zeit der
Dämmerung — im Uebergange von der Nacht zum
Tage . . .,“ sagte er vor sich hin. „War es nicht so? . . .
Mitternacht ist längst vorüber . . . das ist eine solche
Nacht da draußen, eine Dämmerung, wie die beschrie-

bene ... ach, sie bedarf des Lichtes nur zu sehr!" Ent=
schlossen trat er wieder an den Tisch zurück, las und
las von Neuem, aber er vermochte zu keiner bestimmten
Entscheidung zu gelangen. Sein aufgeklärter Geist, sein
menschenfreundliches Herz, gaben ihm die Feder in die
Hand, seine Unterschrift auf das entscheidende Blatt zu
setzen: kindliche Liebe, Scheu vor den Warnungen, die
ihm geworden und ein tief innewohnender Zug des Miß=
trauens in seinem Gemüthe hielten ihn wieder davon ab.

Müde, mit heißgewachter Stirne saß er noch da,
als das helle Mettenglöcklein der nahen Franziskaner=
kirche den Tag ankündigte. Er trat an's Fenster, fal=
tete die Hände und sprach sein Morgengebet, die Augen
fest auf den Lichtstreifen geheftet, der jenseits der Isar
über dem Gasteigberg aufleuchtete, der Vorbote des
Morgens. Fest blickte er in das wachsende, steigende
Lichtgewoge hinein — seine Brust hob sich, sein Antlitz
leuchtete ... da zuckte blendend der erste Lichtfunke
herauf ... die Sonne kam glorienvoll empor ... der
Kurfürst trat an den Tisch und der erste Strahl der
Sonne leuchtete um ihn und auf das schicksalschwere
Blatt, das nun seinen Namen trug.

Ende des ersten Bandes.

Bei Otto Janke in Berlin ist erschienen und durch
jede Buchhandlung zu beziehen:

Almenrausch und Edelweiß.

Erzählung aus dem bairischen Hochgebirge

von

Herman Schmid.

In eleganten, illustrirten Umschlag geheftet und dadurch
besonders zu Geschenken geeignet. Preis 1 Thlr.

In Nr. 17 der Blätter für literarische Unter=
haltung 1864 wird über dies vortreffliche Buch fol=
gendermaßen referirt:

Die vorliegende Erzählung giebt ein neues Zeugniß
für die Darstellungskunst des in kurzer Zeit berühmt gewordenen Verfassers. Schmid kennt das bairische Land=
volk der Ebene und des Gebirgs durch langjährigen Auf=
enthalt genau, er ist mit der Sprache und Sitte, mit
der Gefühls= und Denkweise desselben innig vertraut.
Er versteht das Leben und Weben des Volks in realer
Weise wiederzugeben und deshalb haben seine Schilde=
rungen den Werth von kulturgeschichtlichen Photogra=
phien. Er scheint dabei nicht schöpferisch zu Werke
zu gehen, sondern nur das Object von günstiger
Weise aufzunehmen und hinzustellen. Deshalb weht uns

aus seinen Erzählungen eine Wahrheit und Unmittelbar=
keit an, daß man glaubt, alles, was er uns erzählt, selbst
gesehen und miterlebt zu haben. Da ist nichts Gemach=
tes, voll und klar fließt des Lebens reicher Strom, nicht
unterbrochen durch Reflexionen oder Verstöße, nicht ge=
trübt durch unwahre Charaktere. Zugleich versteht er
auf den ersten Griff den Stoff richtig zu packen, und leicht
überwindet er alle Schwierigkeiten und Klippen. Die
Darstellung ist fesselnd, die Schilderungen brillant, die
Wiedergabe der Charaktere naiv und dem Volke entspre=
chend. Dies sind die Hauptvorzüge des bairischen Er=
zählers, die uns in allen seinen Werken begegnen und die=
selben uns lieb und werth machen.

Die vorliegende Erzählung ist die Geschichte eines
ramsauer Bauernsohns, der sich in eine der Dienstmägde
seines Vaters verliebt hat und sie zum Weibe nehmen
möchte. Allein der Alte stemmt sich mit aller Gewalt
dagegen. Die weitere Entwickelung wird durch ein anderes
weniger ideales Liebespaar und einen Maler herbeige=
führt. Wir können hier nicht den ganzen Lauf der Er=
zählung verfolgen und halten uns nur an den Ker
derselben. Der Bauernsohn wird des Mordes an einem
Jäger verdächtig in das Gefängniß geworfen, währer'
der Schuldige — ein wüster Wildschütz — noch ein
zweiten Mord an dem Maler verübt. Seine Geliebt'
wird im Spätherbste von einer Lavine bedeckt und b
ihrem Begräbniß erwacht in ihm das Gewissen; er g
steht die Morcthat, der unschuldige Bauernsohn wird be=
freit und führt die geliebte Evi zum Altar.

Dies ist kurz der Inhalt. Mit besonderer Meister=
schaft sind die Charaktere von Evi und Mentel, dem alten

Bühelbauer und Corbula gezeichnet. Die Scenen auf der Alm, das Wiedersehen der Liebenden im Kerker sind Meisterstücke ihrer Art. Das Treiben der Wildschützen und Schmuggler, das im bairischen Hochlande noch fort= wuchert, ist frisch und treffend nach dem Leben gezeichnet.

Hausse und Baisse.
Ein Roman aus der Gegenwart.
Von Adolf Zeising.
Drei Bände. Geh. ·Preis 4 Thlr.

Ueber diesen so schnell beliebt gewordenen Roman, ein vortreffliches Seitenstück zu Freitags Soll und Ha= ben, wird in der durch ihre Gründlichkeit und Unpar= teilichkeit bekannten Zeitschrift „Orion" berichtet:

Der Verfasser des in der Ueberschrift angeführten Zeitromans hat sich seit einer Reihe von Jahren einen geachteten Namen als Kunstphilosoph erworben. Seine „Aesthetischen Untersuchungen" zäh.en zu dem Geistvoll= sten und Tiefsinnigsten, was in neuester Zeit auf diesem Gebiet zu Tage getreten ist; ja, sie behaupten in dem philosophischen Entwicklungsprocesse der Gegenwart einen, wenngleich nicht epochemachenden, so doch in mancher Hinsicht durchaus selbständigen Platz. Zeising übernimmt gewissermaßen das Vermittlungsamt zwischen dem Idealis= mus und Realismus der heutigen Zeit; er sucht die bei= den sich befeh.nden Weltanschauungen mit einander zu versöhnen, — aber nicht etwa in schwächlich nachgiebiger

Art nach rechts und links hin unwürdige Koncessionen
machend, um den lieben Frieden wenigstens scheinbar
herzustellen, sondern mit ernstem Eifer beide Systeme
vor das Forum der Kritik ladend, um, was hier wie
dort wahr und falsch ist, zu scheiden und die Nothwen=
digkeit einer gegenseitigen Ergänzung und Durchdringung
beider als das Ergebniß der Untersuchung zu verkünden.
So macht Zeising natürlich einerseits Front gegen den
flachen und farblosen Materialismus unserer Tage, der
alles höhere Streben als Thorheit verspotten möchte;
aber nicht minder lebhaft bekämpft er andererseits die
hohlen Dunstgebilde eines Transcendentalismus, der sein
System in leerer Luft erbaut. Wir dürfen die Weltan=
sicht Zeising's ihrem Hauptinhalte nach als eine humanistische
bezeichnen, die, in ihren Voraussetzungen fest auf der
Erde wurzelnd, die irdischen Verhältnisse fort und fort
zur edelsten Blüthe des Ideals zu entfalten sucht. Er
nimmt die Resultate der Wissenschaft wie des politischen
Fortschritts der Gegenwart ohne Vorurtheil und ohne
Gehässigkeit an, er befürchtet nicht den „Verfall der
Kunst“ oder des „sittlichen Lebens der Völker“ durch ein
zeitweiliges Vorherrschen realistischer Tendenzen, sondern
erkennt in letzteren eine berechtigte Reaktion gegen die
spekulative Träumerei der Vergangenheit und sucht den
Nachweis zu liefern, daß sie, in die richtige Bahn ge=
lenkt, der Kunst und der politischen Entwicklung schließ=
lich eher zum Vortheil, als zum Schaden gereichen
werden.

Zeising hat seine philosophischen und ästhetischen An=
sichten außerdem durch eine Reihe von Abhandlungen
und Recensionen in den Oppenheim'schen „Deutschen

Jahrbüchern", im Stuttgarter „Morgenblatt", in den „Blättern für literarische Unterhaltung," im „Orion" 2c. nach allen Richtungen hin mit einer in unserer Zeit wahrhaft seltenen Konsequenz und wohlthuenden Wärme entwickelt. Mit nicht geringem Interesse sehen wir daher einen Mann von so gründlicher philosophischer Bildung, von so feinem Kunstverständniß und von so offenem Sinn für alle brennenden Fragen der Zeit nun auch die Arena eines selbständigen künstlerischen Schaffens beschreiten. Freilich debütirte Derselbe schon vor drei Jahren auf dem Felde des Romans mit einem „humoristischen Lebensbilde", das (in gleichem Verlag erschienen) „Die Reise nach dem Lorberkranze" betitelt war; aber das kleine Werk hat einestheils nicht die verdiente Beachtung gefunden, anderntheils war der vorherrschend auf musikalische Zustände gerichtete Inhalt, trotz mancher geistvollen Details, kaum geeignet, ein so allgemeines Interesse, wie der neueste Roman des Verfassers, zu erwecken. Außerdem stand die breite Behaglichkeit der Ausführung nicht ganz im richtigen Verhältnisse zu der fast dürftigen Einfachheit der Handlung, und es trat der Mißstand ein, daß, weil letztere den Leser nicht auf die Dauer zu fesseln vermochte, der Verfasser den Hauptaccent auf die Kunstansichten seines Helden und auf das musikalische Beiwerk seiner Erzählung legen mußte. Dadurch ward die künstlerische Wirkung seiner Arbeit bedenklich gefährdet, und die Novelle drohte oftmals in lehrhafte Abhandlungen zu zerflattern.

In seinem jüngsten Roman, „Hausse und Baisse," hat Zeising zunächst in dieser Hinsicht einen erstaunlichen Fortschritt gemacht. Allerdings hat er sich von dem

13*

Fehler, hin und wieder in einen docirenden Ton zu
verfallen, nicht vollständig befreit, aber es sind doch nur
einzelne Stellen, aus denen, so zu sagen, noch der Pro=
fessor hervorguckt; — so namentlich das Kapitel, in
welchem der Held des Romans, Dr. Paul Leonhard,
einem jungen Mädchen das Verständniß eines der schwie=
rigsten Paragraphen der Hegel'schen Philosophie auf so=
kratische Manier durch geschickte Fragen entlockt, und die
Rede, in welcher er, Karpinski gegenüber, in einer poli=
tischen Volksversammlung die Rechte der Philosophie
verficht. Derartige Abweichungen von dem Kunst=
gesetz treten aber, wie billig versichert werden muß, in
dem vorliegenden Romane äußerst selten mehr ein; im
Gegentheil sind die politischen und philosophischen Er=
örterungen sonst überall auf das trefflichste in die Hand=
lung selbst oder in den Dialog verwebt, der von muster=
hafter Lebendigkeit ist. Wie Spielhagen, hat auch Zei=
sing es offenbar begreifen gelernt, daß geistvolle Gedan=
ken und Ansichten im Roman nicht als eingeflochtene Be=
merkungen des Verfassers angebracht, sondern künstlerisch
verarbeitet werden, aus dem Charakter und den Schick=
salen der auftretenden Personen naturgemäß hervor=
wachsen müssen, wenn nicht das Kunstwerk als solches
zerstört werden soll.

Die Komposition des ziemlich breit angelegten Ro=
mans ist von durchsichtigster Klarheit; die verschieden=
artigen Fäden der Handlung laufen nicht allein in der
Ausgangskatastrophe koncentrisch zusammen, sondern be=
rühren sich meistens von Anfang an in so natürlicher
Weise, daß im Verlaufe der Erzählung kein Ereigniß
mit unmotivirter Plötzlichkeit, um des bloßen Effekts

willen, eintritt. Das lesende Publikum, dessen Geschmack
durch französische Pikanterie oder deutsche Nachahmungen
derselben verdorben ist, könnte an diesem Roman lernen,
daß die einfachsten Mittel noch immer die wirksamsten
sind, und daß selbst eine Kriminalgeschichte (denn um
eine solche handelt es sich hier zum großen Theil) durch
eine gründliche psychologische Entwicklung der Charaktere
und durch eine sorgfältige Zeichnung des politischen und
gesellschaftlichen Hintergrundes der Zeit an Spannung
Nichts einbüßt, sondern vielmehr beträchtlich dadurch ge-
winnt. Die auftretenden Gestalten sind fast ausnahms-
los mit plastischer Schärfe individualisirt, und die so-
cialen wie die politischen Verhältnisse sind mit einer An-
schaulichkeit des Details geschildert, welche den Leser keinen
Augenblick daran zweifeln läßt, daß der Verfasser nach
dem Leben zeichnete, und daß eine bekannte deutsche
Residenzstadt seinem Pinsel die Farben lieh.

Ein Gefühl der Bescheidenheit, vielleicht auch die
Scheu vor jeder noch so anständigen Reklame, hat den
Autor abgehalten, „Hausse und Baisse" auf dem Titel-
blatte ausdrücklich als ein Gegenstück zu „Freytag's „Soll
und Haben" zu bezeichnen. In der That aber haben
wir es mit einem solchen zu thun, und zwar, wie gleich
hinzugefügt werden mag, mit einem durchaus würdigen
Gegenstück, dem wir von ganzem Herzen einen ebenso
durchgreifenden Erfolg wünschen, wie ihn „Soll und
Haben" gefunden hat. Der Leser wolle uns nicht miß-
verstehen; Zeising hat den Freytag'schen Roman weder
parodirt, noch führt er gegen denselben eine direkte
Polemik — er behandelt nur ein verwandtes Thema und
gelangt dabei zu wesentlich anderen Resultaten, als Jener.

Nicht als würde in „Hausse und Baisse" bestritten, daß jene Tugenden, welche in „Soll und Haben" geprebigt werden, — eine strenge Gewissenhaftigkeit, Pünktlichkeit und Ehrlichkeit in Handel und Wandel, ein großartiger Ueberblick des politischen und gesellschaftlichen Lebens zum richtigen Verständniß der kommerciellen Verhältnisse — gut und lobenswerth sind; aber der Zeising'sche Roman läßt den Leser empfinden, daß mit der Frage nach dem rechtlichen Erwerb materieller Güter der Kreis des Er= strebenswerthen nicht geschlossen ist, daß der Geist auch sein Recht verlangt, und daß ohne die beseelende Idee sich die träge Materie weder in Fluß setzen, noch ihr sich ein menschenwürdiger Genuß abzwingen läßt. Diese Moral spricht eine der auftretenden Figuren, der Demo= krat Bissinger, in humoristischer Form mit den Worten aus: „Nach mir zerfallen jetzt alle Menschen in Leon= harb's und Karpinski's, ober, wenn Sie wollen, in Hel= ben und Ratten. Die Einen wie die Andern streben vom Schlechteren zum Besseren. Aber — Per aspera ad astra! benkt der Held und ringt sich zum Olymp empor. Durch Dreck zum Speck! benkt die Ratte, und — frißt sich in die Falle hinein." Die versöhnliche Tendenz des Romans, die absolute Zusammengehörigkeit von Gedanke und Realisation, Plan und Ausführung, Geist und Materie wird namentlich am Schlusse durch Paul's Musterkolonie im Gebirge sehr hübsch illustrirt. Paul acceptirt das Soll und Haben im Geschäft als ein passendes Bild des Urgegensatzes, welcher das weltliche Dasein im Fluß er= hält, nur möchte er es gern in noch allgemeinerem Sinne genommen wissen und dafür „Sollen und Haben" sagen. „Ich meine," fügt er erklärend hinzu, „man kann das

Leben und Streben der gesammten Menschheit ebenfalls
als ein großes Geschäft betrachten, das nur da in Blüthe
steht und Früchte trägt, wo ebenso sehr dem Sollen wie
dem Haben Rechnung getragen wird. Das allgemeine
Sein, in dessen ewigem Strome der Mensch lebt und
webt, ist ihm in jedem Augenblick ein doppeltes, nach
zwei entgegengesetzten Richtungen auseinander laufendes,
indem es sich zugleich h i n t e r ihm und v o r ihm ins
Unendliche ausbreitet. Nur jenes h a t er; dieses aber
soll er haben! Nur in Dem, was er sich bereits errungen
hat, besitzt er eine Grundlage, auf die er sich stützen,
ein Eigenthum, das er genießen darf. Wehe ihm, wenn
er das Erbe der Vergangenheit geringschätzt, wenn er in
blinder Verachtung des Ueberkommenen und Bestehen=
den besinnungslos in die blaue Zukunft hineinrennt!
Aber wehe ihm auch dann, wenn er in dem bereits Er=
rungenen schon das gesammte Sein zu besitzen glaubt,
wenn er vergißt, daß die höhere Entfaltung des Seins
erst im S e i n s o l l e n d e n liegt, und nur bedacht ist, das
von der Vorwelt ihm Ueberlieferte in selbstzufriedener
Genußsucht für sich auszubeuten, statt der Schuld zu
gedenken, die er an Mit= und Nachwelt abzutragen hat,
und nach Maßgabe des ihm anvertrauten Pfundes an
der Verwirklichung Dessen mitzuarbeiten, was in allem
Leben und Streben nicht nur das letzte Ziel, sondern
auch der erste Impuls, mit e i n e m Worte: das vorwärts=
treibende Ideal der gesammten Weltgeschichte ist!"
Schon aus diesen kurzen Anführungen wird man
erkennen, daß Zeising die in seinen philosophischen
Schriften entwickelten Ideen auch in dem vorliegenden
Romane vertritt. Er hat aber bei Abfassung desselben

offenbar nicht allein einem propaganbiftifchen Streben in politifcher und philofophifcher Hinficht, fonbern eben= fo fehr einem künftlerifchen Bebürfniffe zu genügen ge= fucht. Eine um fo ungeftörtere Freube gewährt bie Lektüre bes Werkes, beffen gebankentiefer Inhalt burch bie eble Form noch größeren Reiz und Werth erhält.

Unter dem Eifenzahn.

Branbenburgifcher Roman in brei Büchern

von

George Hefekiel.

Drei Bänbe. Geh. Preis 4 Thlr.

Die Blätter für literarifche Unterhaltung fagen in No. 9 von 1864 über biefen vortrefflichen Roman:

Hefekiel, ber noch eben bei Behr in Berlin eine Sammlung vaterländifcher Dichtungen „Zwifchen Sumpf und Sand" hat erfcheinen laffen, feiert auch in bem vor= liegenden Roman bie märkifche Haibe und ihre Bewoh= ner. Die Gefchichte, bie im 15. Jahrhunbert fpielt, führt uns in reicher Abwechfelung ein Bild jener bewegten Zeit vor, balb in ber Mark, in ber man fich enblich unter Friebrich II., bem Eifenzahn, eines wohlthuenben Friebens erfreute (benn über ein Jahrhunbert feit bem Ausfterben bes askanifchen Fürftenhaufes hatte ber Krieg gewüthet); balb im Hofe Philipp's bes Guten von Burgunb, wo ritterliche Sitte und Minnebienft geübt und gepflegt wurben.

Es ist ein historischer Roman im besten Sinn des Worts, die Handlung im engsten Zusammenhang mit der Geschichte, die thätigen Personen auf das geschickteste individualisirt; die Zeit namentlich ist vortrefflich geschildert, auf der einen Seite wild und realistisch, andererseits in ihrer Verfeinerung und in ihren mildern, fast ästhetisirenden Sitten und Gebräuchen. In objectiver Würdigung gibt uns Hesekiel ein Bild der ganzen Zeitrichtung, er schildert sie nicht besser als sie war, er macht aber auch nicht an sie die Ansprüche, die so häufig nach modernen Anschauungen an sie gemacht werden. So erkennt er z. B. in dem Widerstand des märkischen Adels gegen Friedrich nur den Kampf jener Edelleute für das alte Recht der persönlichen Freiheit, der neuen Idee der Staatseinheit gegenüber, sie vertheidigten ihre verbrieften Privilegien, sie thaten aber nichts anders als was Berlin und Cöln den Centralisationsideen gegenüber unternahmen; dabei erkennt Hesekiel aber auch an, daß der Mißbrauch, der mit der persönlichen Freiheit getrieben wurde, als verderblich von dem Staat abgeschafft werden mußte. Neben dem Politischen ist es namentlich das reiche culturhistorische Material, das diesem Roman ein so hohes Interesse gewährt; es ist vielfach in denselben verwebt, klar und anschaulich dargestellt und so geschickt verarbeitet, daß es wie ein nothwendiger Zusatz zu Erläuterung und Erklärung der Geschichte selbst erscheint. Dahin gehören Bemerkungen über das Jagd- und das Lehnwesen, das Beiern, ein Läuten der Dorfjugend in der Pfingstnacht; weiter finden wir die Sitten- und Ehrengerichte der Hufschmiede beschrieben, von dem Richtschwert und dem Blutsegen, von den Heimlichen des Kurfürsten, die

Vorläufer unserer heutigen Diplomaten. Interessant sind ferner die Bemerkungen über das Entstehen der Familiennamen, über Trinkgesetze und Gewohnheiten der verschiedenen Corporationen, mit dem Hinweis, daß der Biercomment auf unsern deutschen Universitäten wohl der Rest jener mittelalterlichen Gebräuche sei. Erwähnt wird der geringe Unterschied der Stände im 15. Jahrhundert, so weit daß der alte Hufschmied Fettweiß den zweiten Sohn des Eisenzahn über die Taufe hob und ihm seinen Namen gab. Gleiche Kenntniß der Details zeigt Hesekiel auch bei der Vorführung des burgundischen Hofs; hier fesseln uns die Bemerkungen über den französischen Adel, die Turniere des 15. Jahrhunderts, ebenda auch eine Erklärung der Sitte des Dornenfestes, weiter die Beschreibung des Tinels, eines Galabankets, das seinen Namen von der dazu einladenden großen Schloßglocke (tinnulo) hatte u. s. w.

Mit derselben Sicherheit, mit der diese culturhistorisch interessanten Einzelheiten in die überall fesselnde und spannende Erzählung eingefugt sind, erscheinen hier auch die Personen und die Staffage lebenswahr und faßlich dargestellt. Sehr bestimmt sind die mannichfachen und verschiedenen Charaktere mit ihren schroffen, wilden und andererseits milden und feinen Eigenthümlichkeiten geschildert; treffliche Gegensätze bilden dabei die Bürger von Berlin und Lille, die brandenburger Junker und die Ritter am Hofe von Burgund, das Leben in der Lehnschmiede zu Polen und in der Schmiede im Ardennenwalde 2c.

Dabei hat Hesekiel sein Erzählungstalent auch hier wieder bestens bewährt; wie geschickt mildert er das Schreckliche durch das einfach Poetische und Gemüthliche;

wie verfteht er es, in die Strenge und Wildheit der
Zeit ein poetifches Moment einzuführen, z. B. die
Freundfchaft der Kinder in der poleyer Schmiede, oder
des Mädchens vom alten Huffchmied Eligius und feinem
Knechte, voll hübfcher Moral und anfprechendem Humor;
wie poetifch ift die Doppelnatur der Engelke und Yolanthe
gefchilbert, gefchmackvoll fügt er endlich in den Schluß=
bericht die Bilder Aveline und Agnes ein.

So können wir denn diefen neuen Roman Hefeliel's
als vielleicht einen feiner beften denen empfehlen, welchen
neben einer anregenden und unterhaltenden Lektüre auch
mit belehrenden und genauen gefchichtlichen und cultur=
hiftorifchen Einzelheiten gedient ift.

Schwarzgelb.

Roman aus Oefterreichs letzten zwölf Jahren.

von

Alfred Meißner.

8 Bände. Geh. Preis 12 Thlr.

In Nr. 165. des Wiener Lloyd von 1864 fagt ein
anerkannt vortrefflicher Kritiker über obigen bedeutenden
Roman:

Gutzkows zwei 9bändige Romane, welchen ein 10bän=
diger folgen foll, Laube's 12bändiger deutfcher Krieg haben
in ihren riefigen Umriffen an Meißners in deffen 8bän=
bigem Roman: **Schwarzgelb** eine ebenbürtige Ergänzung
erhalten. Die deutfche Romanliteratur, wenn fie auf

Eugen Sue's Riesenfußstapfen einging, hat sicher mehr
gethan, als den geistreich humanitären Franzosen nach-
zuahmen. Der Roman ist den Deutschen die verloren
gegangene Tribüne der Paulskirche, die literarische Kanzel,
von welcher aus dem Denkervolke die von ihm er-
rungenen, neu ausgebildeten Wahrheiten immer wieder
vorgetragen werden.

Alfred Meißner, deutsch nicht dem Idiom oder der
Geburt nach, (es fließt von der geistreichen Mutter schot-
tisches Blut in seinen Adern), sondern in der Weihe der
Fortschrittsideen, greift mit seinem Roman: Schwarzgelb
zum zweitenmale in die große Bewegung der Zeit fast
prophetisch ein. 1846 war sein Ziska der Vorbote des
Völkersturmes, sein Schwarzgelb steht abermals an der
Schwelle einer Reformepoche, welche gewissermaßen der
nachhaltige Weh- und Schmerzensruf der österreichischen
Stämme sich errang. Vier Abtheilungen in je zwei Bänden:
Dulder und Renegaten — Aus der Emigration — Vae
victis — die Opfer der Partei — schildern wie in blen-
denden Fresken die untergegangene Zeit. Es ist ein Welt-
gericht, — der Roman gewissermaßen Geschichte, eine Ver-
urtheilung der düsteren Vergangenheit, nicht aus Leiden-
schaftlichkeit, Parteihaß, sondern aus der schönen, edlen
Ueberzeugung unternommen, daß eine solche Zeit nicht
wiederkommen könne.

Der Roman beginnt im westlichen Böhmen, dem
Antergrunde für des Autors persönlichste Auffassung, geht
nach Wien, nach dem Paris des Staatsstreiches (im 3.
und 4. Bande) über, taucht sich in den Karneval von
Venedig und endigt endlich wieder am Ausgangspunkte. Eine
tiefgehende Perspektive, welche der Autor mit einer Reihe

ter intereſſanteſten Geſtalten in bunten Gruppen bevöl=
kert. Auf dem Schloſſe des Grafen Thiebolsegg im
weſtlichen Böhmen und in der Umgebung treten uns der
Graf ſelbſt, ſeine ſchöne, idealiſiſch liebliche Tochter Cor=
nelia, General v. Greifenſtein, Fürſt Kronenburg, Dr.
Schmey, der Redakteur des Donaureiches, Aaron Schepp=
les, Hedwig Dubsky, die rabeliſirende Sarah Scheppkes,
Julius Werner, der unglückliche Renegat, welcher im
Selbſtmorde endet, Kaplan und Dechant, Ultramontanis=
mus und Hermeſianismus entgegen. Dieſe Gruppe bleibt
in den acht Bänden (namentlich F. Kronenburg) der eigent=
liche Anhaltspunkt für die Schilderung des Organismus
der Reaktion, welche nach politiſchen, religiöſen, ſozialen,
induſtriellen, bureaukratiſch=diplomatiſchen Tendenzen ſo
eingehend, treffend, ſtudienmäßig genau geſchildert wird,
daß Meißner damit den Namen des Walter Scott dieſer
Stuartiſten verdiente, hätte der alte Schotte noch die
Geltung ſeiner Urſprungszeit.

Wunderbar anziehend iſt weiterhin die zweibändige
Epiſode in Paris, Frau v. Seſte und ihre Verehrer, dar=
unter Graf Oſtrow, Neyroni, ſeine geheimnißvolle Schwe=
ſter Atalanta, die Demimonde=Welt und jene Orſini's,
Champagner= und Blutduſt in einanderfließend, Kaiſer
Napoleon III. mit ſeinen ſibylliniſchen Offenbarungen, eine
Welt für ſich (ein Fürſt Kronenburg im Kleinen), man
hat Mühe, die Maſſe des Materials zu faſſen, welches
ter Autor in vollendetſter Form bietet. Dann die treff=
liche kriminal=juriſtiſche Behandlung des Prozeſſes im 5.
und 6. Bande, welche trockene Fachmänner zur Diskuſſion
und Anerkennung hinriß, endlich der ſchmerzliche Abſchluß
in dem Opfer Cornelias. Es ſind bei aller Detailaus=

arbeitung doch nur Riesenanfänge, nach deren weiterem
Verlauf sich jeder Leser sehnt. — Es ist nur „die Geschichte der schmerzlichen und abenteuerlichen Jugend
Bruno Halbenried's, des Helden", den weiteren Kampf
des Mannes, welchen dieser aufnehmen und fortsetzen wird,
müssen andere acht, vielleicht 16 Bände entwickeln. Denn
was läge dem Dichter näher, als nachdem die ersten acht
Bände mit dem Siege der Kontrerevolution schließen, nicht
allein die wiederbeginnende Reformzeit, sondern auch Sieg
und Befestigung einer liberalen Neuzeit in der Apotheose
zu schildern.

Oesterreich, welches den 30jährigen Krieg verschuldete,
kann diesen deutschen Krieg durch entschiedene Kulturum=
gestaltung der alten Monarchie sühnen. Die Anregungen
dazu gehen indessen im Romane vor sich. Meißner ist
ein Barde treuen Herzens. Sind seine Bilder auch
düster, strafend, so ist er doch voll guten Glaubens
an das Neubegonnene. Er verdächtigt nicht, er erhitzt
nicht die Gemüther — er läßt die Sonne aus den Ge=
witterwolken hervorgehen. Wie Moses während der
Amalekitenschlacht betete, trägt er den Muth der Reform=
partei in der Poesie seines Romanes höherwärts. Eben
deshalb werden ihm seine Gegner verzeihen müssen, weil
sie dann auch Gegner jeder Reform in und außerhalb
des Staates Oesterreich wären. Dem Autor rufen wir
ein fröhliches: vincisti zu; möge er seinen Sieg bald
auf der friedlichen Wahlstätte des Papiers noch riesiger
erweitern.

Folgende vorzügliche Unterhaltungsschriften von

Fanny Lewald

sind bei **Otto Janke** in **Berlin** erschienen:

Bunte Bilder. 2 Bde. 1 Thlr. 10 Sgr.

Das Mädchen von Hela. Roman. 2 Bde. Geh. 3 Thlr. 10 Sgr.

Meine Lebensgeschichte. Erste Abtheilung: Im Vaterhause. 2 Bde. Geh. 3 Thlr.

Dasselbe. Zweite Abth.: Leidensjahre. 2 Bde. Geh. 3 Thlr.

Dasselbe. Dritte Abth.: Befreiung und Wanderleben. 2 Bde. Geh. 3 Thlr.

Osterbriefe für Frauen. Geh. 15 Sgr.

Neue Romane. 5 Bände. Geh. 7 Thlr. 22½ Sgr.
1. Band: Der Seehof. 1 Thlr. 22½ Sgr.
2. Band: Schloß Tannenburg. 1 Thlr. 7½ Sgr.
3. Band: Graf Joachim. 1 Thlr. 22½ Sgr.
4. Band: Emilie. 1 Thlr. 7½ Sgr.
5. Band: Der Letzte seines Stammes. — Mamsell Philippinens Philipp. 1 Thlr. 22½ Sgr.

Der Seehof. Elegante Separat-Ausgabe. Mit 30 Illustrationen von Herbert König. Geh. 10 Sgr.

Adele. Roman. 2. Ausg. Geh. 22½ Sgr.

Die Kammerjungfer. Roman in 2 Bänden. 2. Ausg. Geh. 1 Thlr. 15 Sgr.

Wandlungen. Roman in 4 Bänden. 2. Ausgabe. Geh. 4 Thlr.

England und Schottland. Reisetagebuch. 75 Bogen stark. 2 Bde. 2. Ausg. Geh. 2 Thlr. 7½ Sgr.

Dünen- und Berggeschichten. Erzählungen. 2 Bde. 2. Ausg. Geh. 1 Thlr. 15 Sgr.

Liebesbriefe. Aus dem Leben eines Gefangenen. Roman 2. Ausg. Geh. 1 Thlr.

Erinnerungen aus dem Jahre 1848. 2 Bde. 2. Ausg. Geh. 1 Thlr. 15 Sgr.

Deutsche Lebensbilder. 2. Ausg. Geh. 22½ Sgr.

www.ingramcontent.com/pod-product-compliance
Lightning Source LLC
Chambersburg PA
CBHW020615030726

47497CB00007B/2245